모방에서 창조까지 하는
에이전트

모방에서 창조까지 하는 에이전트 3

킹묵 현대 판타지 장편소설

초판 1쇄 찍은 날 § 2022년 10월 19일
초판 1쇄 펴낸 날 § 2022년 10월 26일

지은이 § 킹묵
펴낸이 § 서경석

총괄팀장 § 황창선
편집책임 § 박현성
디자인 § 스튜디오 이너스

펴낸곳 § 도서출판 청어람
등록번호 § 제387-1999-000006호
등록일자 § 1999. 5. 31
어람번호 § 제1-3197호

본사 § 경기도 부천시 부일로 483번길 40 서경B/D 3F (우) 14640
편집부 § 서울특별시 구로구 디지털로 272 한신IT타워 404호 (우) 08389
전화 § 02-6956-0531 팩스 § 02-6956-0532
http://www.chungeoram.com
E-mail § chungeorambook@daum.net

ISBN 979-11-04-92462-0 04810
ISBN 979-11-04-92457-6 (세트)

킹묵 현대 판타지 소설

MODERN FANTASTIC STORY

모방에서 창조까지 하는 에이전트 ③

모방에서 창조까지 하는
에이전트

목차

제1장

—

선택과 집중

채이주는 참가자들과 오랜 미팅을 끝내고 밤이 되어서야 집에 돌아왔다. 평소 같았으면 집에 오자마자 화장을 지우고 씻을 테지만 오늘은 씻지도 않은 채 책상 의자에 앉아 휴대폰만 바라봤다.

똑똑.

"밥 먹었어? 이주야, 채이주!"

귀에 꽂은 이어폰 때문에 엄마가 부르는 소리도 듣지 못했다. 대답이 없자 다가온 엄마가 바로 옆까지 와서야 고개를 돌렸다.

"나 바빠."

"그래도 집에 왔으면 엄마 얼굴 보고 인사도 좀 하고 그래. 밥은? 밥은 먹었어?"

"어, 먹었어. 나 바쁘니까 이따 얘기해."

"그래도 밥은 좀 먹고 하지."

어째서인지 방에서 나가려고 하지 않는 엄마를 반강제로 내보 낸 뒤에도 휴대폰을 계속 쳐다봤다. 이어폰으로는 낮에 캐스팅 팀에게 받았던 Solo를 듣고 있었고, 눈으로는 Solo를 선택한 팀 원들의 단체 대화방을 보고 있는 중이었다. 다른 팀 같은 경우 는 전부 경력이 있어서인지 미팅을 끝으로 각자 준비를 하는 듯 했다. 그래서 지금은 이 팀만 신경을 쓰고 있는 중이었다.

―앞부분에는 나랑 동건 오빠가 나오고 은수가 부르는 부분은 선영 언니랑 정만 오빠가 나오는 거 맞죠?

―네가 아까 그러자고 했잖아.

―확인차 물어보는 거죠. 정리하면 동건 오빠가 마음이 변한 거 같아, 내가 마음이 아픈 거고 그다음은 선영 언니가 마음이 변 한 거 같아, 정만 오빠가 힘들어하는 거고! 그리고 우리가 한 팀이 되니까 마지막은 같이 나오는 거까지.

―네, 네. 맞아요.

―그런데 어떻게 같이 나와요?

―생각해 봐야죠.

―감독님이 다듬어 주시겠죠?

가장 어린 참가자인 하영의 주도하에 채팅방에 글이 끊임없이 올라왔다. 자기 의견이 강하기는 했지만, 그것이 나쁘게 보이진 않았다. 살아남아야 하는 오디션인 만큼 자신이 잘할 수 있는 역할을 가져오는 것도 능력이었다. 채이주는 팀원들의 대화에 끼어들지 않고 가만히 보고만 있는 중이었다.

─저 근데 마스터님! 저 이것 좀 봐 주세요!

하영이 갑자기 채이주를 부름과 동시에 채팅방에 동영상 하나가 올라왔다. 영상을 재생하자 하영이 혼자 연습하는 모습이 나오기 시작했다. 누가 찍어 줬는지 식탁에 차려진 식사가 나오는 걸로 시작해 점차 하영의 얼굴이 비쳤다. 그러고는 대사까지 준비했는지 말이 들렸다.

─어때? 짜잔, 자기 좋아하는 불고기. 밥 먹었다고? 그래도 조금 먹어 봐. 그래, 그래!

상황까지 이미 다 구상을 한 모양이었다. 마치 앞에서 누군가가 식사를 하고 있는 것 같은 상황을 만들어 놓은 하영의 표정이 조금씩 변하기 시작했다. 마지막으로는 입술까지 깨물고는 갑자기 화를 버럭 냈다.

─도대체 왜 그러는 거야! 난 어떻게든 우리 사이 이어 보려고

그러는데 넌 밀어내려고만 하잖아! 내가 뭘 더 어떻게 해야 하니. 나 이제는 모르겠어.

점점 화를 내던 하영은 끝내 울먹거리더니 눈물을 또르르 흘렸다.

—너랑 같이 있어도 혼자 있는 기분이야…….

열정이 참 대단한 참가자였다. 하지만 하영의 연기는 채이주가 생각하던 것과는 조금 차이가 있었다. 채이주는 도움을 주기 위해 자신이 생각한 내용을 말하기 시작했다.

—지금도 괜찮은데 감정을 너무 드러낸 게 아닐까 해요.
—아! 그럼 화를 조금 덜 내 보는 게 좋을까요?
—그거보다 아예 그런 내색을 하지 않는 게 낫지 않을까요? 제가 노래를 들으면서 느끼기에는 주인공이 연애에 대해 굉장히 수동적인 사람인 것 같아요. 그래서 상대방이 변한 걸 알고 있지만 상대방에게 따지지 못하고 그 상황을 혼자 힘들어하는 사람 같거든요.
—그런 거예요?
—이별이 가까운 걸 알고 있잖아요. 그래서 사랑했던 순간을 추억하며 아쉬워하는 거예요. 다시 그때로 돌아갈 수 없다는 걸 알기에.
—아, 그럴 수 있겠네요. 그런데 전 제가 한 해석도 괜찮은 거

같은데 완전 이상해요?

　—그렇진 않아요. 전 좀 전에 말한 거처럼 느꼈다, 그런 거죠.

　기껏 말해 줬음에도 고집을 굽히지 않으려는 모습에도 크게 기분 나쁘지는 않았다. 듣는 사람에 따라 여러 가지 해석을 할 수 있는 것이었다. 거기다 하영은 아직 연기를 제대로 배운 사람이 아니었기에 그 뒤에 이어질 내용까지 생각하진 못하고 있었다. 앞에서 너무 감정선을 드러내 버리면 뒤에 나올 다른 참가자들에게까지 영향을 줄 수 있었지만, 이런 걸 지금 말해 준다고 귀에 들어올 리가 없었다.

　자신만 하더라도 처음 배우가 되고 주변에서 하는 칭찬이 진짜 칭찬인 줄 알고 자신의 연기를 고집한 적이 있었다. 그러다 결국 얻은 타이틀이 발 연기였다. 그렇기에 어떤 것이 나은지 직접 보여 주고 생각을 바꾸게 하는 게 좋을 것 같았다.

　—한 가지만 준비하지 말고 여러 가지 방향으로 생각해 두는 게 좋겠죠?

　채이주는 진심 어린 조언을 해 주고 또 말없이 참가자들의 채팅을 지켜봤다. 그 뒤로도 한참이나 하영의 주도하에 채팅이 이뤄졌다.

　—벌써 11시네! 나머진 내일 만나서 해요! 낼 아침 10시 맞죠?

하영의 말을 끝으로 대화가 끝났고, 채이주도 그제야 의자에서 일어났다. 그리고 채이주가 향한 곳은 거울 앞이었다.

"들려오는 너의 한숨……."

거울 앞에서 연기를 한 채이주는 뭐가 못마땅한지 다시 노래를 부르며 연기를 했다. 아련한 표정을 지어 보기도 하고 허탈한 표정을 지어 보기도 했다. 그래도 이상한지 자신이 노래를 부르지 않고 휴대폰으로 노래를 틀어 놓고 연기만 해 보기도 했다. 노래를 듣고 연기를 구상했는데 막상 해 보니 느낌이 살지 않았다.

"엄마, 엄마!"

다급히 부르는 소리에 채이주의 엄마가 급하게 방으로 들어왔다.

"왜? 밥 방으로 가져다줘?"
"아니, 이 시간에 무슨 밥이야. 나 좀 찍어 줘 봐."
"뭘?"
"연기하는 거 지금 이대로 내 상체만 나오게 찍어 주면 돼."

누군가가 찍어 주면 다른 느낌이지 않을까 하는 생각에 엄마에게 부탁을 했다. 휴대폰을 엄마에게 넘긴 뒤 다시 연기를 시작했다. 앞에서 엄마가 보고 있는 것이 약간 부끄럽긴 했지만,

참가자들에게 제대로 된 연기를 보여 주고 싶은 마음이 더 컸다. 이주는 하영에게 조언해 준 것을 떠올리며 진심으로 연기했다.

"이주야, 오디션에 보내려고 그러는 거야? 혹시 새로운 드라마 들어가?"

"아, 좀."

"궁금해서 그러지."

"아… 그냥 좀 찍어 줘."

"무슨 역인데 그래. 주인공이야?"

"아니야! 그런 거 아니고! 오디션 참가자들 가르쳐 주려고 연습하는 거야. 됐지? 그러니까 그냥 좀 찍어 주기만 해."

"엄마가 좀 물어볼 수도 있지. 뭘 그렇게 정색까지 해. 알았어! 조용히 찍어 줄게! 됐지?"

감정을 조금이라도 이어 가려고 말을 아꼈는데 그 때문에 엄마와 작은 다툼이 생겨 버렸다. 이 기분으로 연기가 될 리가 없었다.

"됐어. 고마워."

"된 거야?"

"응."

"엄마 필요하면 또 불러. 그런데 회사에서는 잘해 주는 거 맞지?"

이주는 그제야 왜 엄마가 오늘따라 왜 그렇게 방에 들어오려고 하고 말을 시키려고 했는지 이해했다. 걱정을 할까 봐 설명을 하긴 했는데 막상 기사가 나오고 여기저기서 말들이 들려오니 걱정이 된 모양이었다.

"다들 잘해 줘."

"그렇지? 하여간 잘 알지도 못하는 놈들이 떠들어 대기는."

"기사 좀 그만 봐."

"딸 얘기가 나오는데 어떻게 안 봐. 아무튼 문제없다니까 됐어. 알았어, 알았어! 으휴, 딸 하나 있는 게 성격 하고는. 엄마 나갈 테니까 일하다가 배고프면 말해."

엄마가 나갔지만 감정이 무너졌기에 연기가 바로 될 리가 없었다. 채이주는 다시 감정을 끌어올리기 위해 Solo를 듣기 시작했다. 한 번, 두 번 듣기 시작한 게 이제는 가사를 다 외울 정도였다. 그리고 들으면 들을수록 처음 한 해석과는 다른 해석도 괜찮지 않을까 하는 생각이 들었다. 동시에 참가자인 하영이 한 해석도 떠오르며 순간 자신의 해석이 잘못된 거면 어떡하나 하는 생각이 들었다.

'제대로 가르쳐 줄 수 있는 건가… 아, 답답하다.'

자신이 멘토인 만큼 정답으로 향하는 길을 가르쳐 줘야 하는 입장이었는데 지금 자신도 이 길이 맞는지 헷갈리고 있었다. 이럴 때 정말 내비게이션이라도 있었으면 하는 생각을 할 때였다.

"아! 10호!"

예전 최정만을 추천할 때 자신이 했던 연기를 평가해 준 태진이 떠올랐다. 오디션 당시 최정만이 언급했던 사람 역시 태진이었다. 게다가 지금 같은 팀으로 일을 하고 있는 중이었다. 다만 연락처까지는 알지 못하는 사이였지만.

이주는 곧바로 매니저에게 전화를 걸었다.

"실장님, 저 캐스팅 1팀의 한태진 씨 연락처 좀 알아봐 주실 수 있나요?"

―왜 그러시는데요?

"오디션 때문에요. 그분이 최정만 씨 추천해 준 분이라서 뭐 좀 물어보려고요."

―제가 전해 드릴까요?

"직접 물어볼게요."

―네, 그럼 알아보고 메시지로 보내겠습니다.

자신의 연기를 물어보려고 한다는 말을 하기에는 약간 자존심이 상했다. 그에 둘러말한 이주는 매니저에게 연락이 오길 기다렸다. 잠시 뒤 태진의 휴대폰 번호가 적힌 메시지가 도착했고, 이주는 곧바로 전화를 걸었다.

                    *   *   *

   태진은 달라붙어 있는 동생들을 옆으로 떼어 놓고는 전화기
를 봤다. 만약 무슨 문제가 있다면 자신이 아니라 곽이정에게 연
락을 했을 것이다. 문제뿐만 아니라 일에 관해서라도 곽이정이
나 다른 선배들에게 연락을 먼저 했을 것이기에 아무리 생각해
도 채이주가 자신에게 전화를 건 이유가 떠오르지 않았다. 그때,
채이주의 목소리가 들렸다.

   ─저기, Solo 때문에 연락을 드렸어요.
   "아! Solo요!"

   Solo에 대해서 말이 나오자마자 무척 반가웠다. 채이주를 선
택하고 집중해서 고른 곡이 Solo였기에 당사자 입에서 그 얘기
가 나오는데 기쁘지 않을 리가 없었다. 다만 왜 신입인 자신에게
연락을 한 건지는 선뜻 이해가 되지 않았다.
   녹음 진행에 대해서는 아직 라온과 얘기 중이었고, 잘된다고
해도 내일이나 녹음을 시작할 것이었다. 게다가 그런 정보를 전
부 매니저 팀에게 전달했기에 채이주도 모를 리가 없었다. 도대
체 왜 연락을 한 걸까 생각할 때, 채이주가 질문을 했다.

   ─혹시 지금 시간 되세요?
   "네? 무슨 일로 그러시는데요?"
   ─Solo 분석을 좀 해 봤는데 좀 봐 주실 수 있나 해서요.

"네? 제가요?"

—네, 잘 보시잖아요.

살짝 놀라긴 했지만, 채이주가 제대로 된 연기를 바탕으로 참가자들을 가르치는 모습을 카메라에 담기게 하려고 Solo를 추천곡에 넣었기에 그녀가 어떤 연기를 할지 궁금했다.

"제가 잘 볼지는 모르겠지만 노력해 볼게요. 어디로 갈까요?"

그때, 옆에 있던 동생들이 입을 쩍 벌리고는 자기들끼리 떠들어 댔다.

"뭐라는데? 뭐래! 채이주가 왜 큰형한테 전화를 해? 지금 만나고 싶다는 거야?"

"그림이 그려지는데?"

"무슨 그림? 작은형은 뭐 알고 있었어?"

"톱스타와 신입 직원의 사랑 이야기."

"소설을 쓰고 있네. 아, 진짜 소설 쓰고 있지."

동생들의 소리가 들렸는지 채이주가 조심스럽게 물었다.

—밖이시면 나중에 연락드릴게요.

"아, 죄송해요. 동생들인데 채이주 씨 팬이라서요."

—동생들이셨구나.

"제가 어디로 갈까요?"

―지금 시간이 늦어서 만나기는 그렇고 영상통화 가능하세요? 아니! 혹시 sky톡 쓰세요?

"아! 영상통화요. 가능합니다."

―제가 다시 걸게요. 잠시만요. 아이디가 어떻게 되세요?

"아이디 알려 주시면 제가 걸게요."

태진은 채이주가 어떤 연기를 펼칠지 기대하는 표정으로 컴퓨터 앞에 자리 잡았다. 그러고는 영상통화 프로그램인 sky톡을 깔았다. 이걸 사용하는 걸 영상으로 본 적은 있지만, 실제로 써 보는 건 처음이었다.

프로그램을 설치한 태진은 채이주의 아이디를 검색하다 말고 동생들이 떠올라 옆을 봤다. 그러자 둘 모두 구석에 쪼그려 앉아 자리를 잡은 상태로 입에 지퍼를 닫는 시늉 중이었다.

$$* \qquad * \qquad *$$

동생들을 내보내려 했지만 결국 실패한 태진은 어쩔 수 없다는 듯 한숨을 뱉었다.

"형 일하는 거니까 정말 조용히 있어야 돼. 숨소리도 안 들리게 있어."

"알았어! 형! 대신 녹화 좀 해라! 두고두고 보게!"

"쉿!"

믿었던 태민마저 입을 가리고 있는 모습에 태진은 헛웃음을 뱉었다. 그때, 채이주가 태진의 초대를 받았다.

─밤늦게 미안해요.
"아니에요."

실제로도 함께 일을 하고 있었지만, 모니터로 보니 느낌이 달랐다. 마치 동영상을 보는 느낌이었다.

─늦었으니까 빨리 말할게요. 그러니까 Solo를 듣고… 아! Solo 아시죠?
"네, 알죠."
─그래요? 전 이번에 처음 들었는데. 드라마도 다 알더니 진짜 모르는 게 별로 없네요. 아! 캐스팅 팀이지.

말이 많은 게 일부러 그러는 느낌이었다.

'부끄러운가.'

하긴 스타가 직원에게, 그것도 연기 전문이 아닌 신입 직원에게 연기를 보여 주고 평가해 달라는 건 그림이 이상했다. 그저 채이주가 편해지길 기다리는 게 가장 좋은 방법 같았다.

―그러니까 제가 분석하기에는 약간 소극적인 느낌이에요. 함께 있지만 예전과는 변해 버린 사이가 슬픈 느낌이랄까요?

"저도 비슷하게 생각해요."

―그랬어요?

"네, 저도 제가 느끼기에는 이별이 가까워진다는 걸 알고 있지만 그걸 입 밖으로 꺼내는 순간 정말 이별이 될 거 같아서 이 관계를 유지하는 느낌으로 불렀어요."

―아! 맞네. 어?

의견이 일치한다는 말에 기뻐하던 채이주가 갑자기 입을 다물었다. 화면을 보니 연신 고개를 갸웃거리며 의아해하고 있었다.

―뭘 불러요? Solo를 불렀어요?

"아! 네, 뭐. 혼자."

―아! 혼자. 나도 혼자 엄청 불렀는데.

숨길 생각은 없지만 딱히 자신이 불렀다고 하자니 뭔가 민망한 느낌에 말을 돌렸다.

―아무튼 그래서 어떻게 연기를 해야 하는지 생각했거든요. 그런 식으로 연기를 하면 될까요?

"어떻게요?"

―방금 말한 대로요. 그러니까… 후, 잠깐만요. 한번 봐 주세요!

부끄러움보다 연기에 대한 평가를 받는 게 더 중요했는지 채이주가 입을 꽉 다물었다. 그러고는 잠시 휴대폰을 만졌고, 곧이어 Solo가 들리기 시작했다. 그와 동시에 그녀가 자리에서 일어나서 연기를 시작했다.

태진은 화면을 보며 집중했다. 배경도 채이주의 집에다가 상대역도 없었다. 거기다가 대사까지 없다 보니 연기라는 느낌보다는 그냥 속상한 일이 있는 사람을 보는 느낌이었다. 연기를 마친 채이주도 민망한지 조심스럽게 물었다.

—어때요? 이런 느낌인데.

태진이 생각한 그림과 너무 달랐던 터라 어디서부터 어떻게 말해야 할지 난감했다.

—이상했어요? 저번처럼 솔직히 말해도 되는데. 그러려고 전화드린 거예요.

태진도 생각한 걸 제대로 알려 주는 게 도움이 될 거라는 생각에 입을 열었다.

"이상하진 않았어요."
—그래요? 그럼 이런 식으로 하는 것도 괜찮겠다고 알려 줘도 되겠네요?

"이상하진 않은데 좀 부족한 느낌이에요."

—어떻게요? 저번처럼 알기 쉽게 말씀해 주세요.

"'홀로 고고하게'에서 유하람처럼 하시면 어떨까요?"

—네? 저번에 감정 과잉이라고 했잖아요. 그렇게 하는 게 더 맞아요?

"아니요. 그 화를 내면서 울기 전에 모습이요."

채이주가 뭔가를 생각하는 듯하더니 이내 밝아진 표정으로 말했다.

—그러네! Solo 상황하고 비슷하네요!

"비슷하죠?"

그래서 고른 건데 비슷한 건 당연했다.

"이별을 알면서도 어떻게든 이어 가려는 그런 느낌에 약간의 서운함을 없는 정도가 어떨까요?"

—서운함… 잠시만요, 그때 대사를 한번 넣어서 해 볼까요?

"네, 그러셔도 되고요."

채이주는 목을 한 번 가다듬고는 다시 연기를 했다.

—자기, 이거 어때? 자기 주려고 응? 응! 알았어. 자기 이거 봐 봐. 또? 난 그냥 자기 주려고 이거 샀다고 알려 주려고 그런 건

데. 나도 똑같은 거 샀어. 후… 또?

그때 맡았던 배역의 대사를 아직도 기억하고 있는지 막힘 없이 이어 나갔다. 다만 예전 장면과 크게 다른 모습은 아니었다.

─에이… 조금 이상한 거 같은데요. 뭔가 허전하고 부족한 그런 느낌인데.

"그런 거 같아요."

─그렇죠? 여기에서 어떻게 서운함을 추가해요?

"음."

─편하게 말해 주세요. 최정만 씨한테 조언해 준 사람도 태진 씨잖아요. 저도 그렇게 말해 주세요.

"아……."

채이주에게 집중한 이상 조언을 해 주고 싶었다. 하지만 전체적으로 다 이상해서 어디서부터 잘못된 건지 딱 꼬집어 말하기가 어려웠다. 오히려 곡 선택을 잘못한 건 아닐까 하는 생각도 들었다. 그때, 옆에 입을 다물고 있던 동생이 뭔가를 말하려고 했다.

"형이 같이 대사 해 줘. 형 대사 다 알잖아. 윽! 아, 또 때려! 이러다가 옆구리에 굳은살 생기겠다!"

그와 동시에 채이주의 목소리가 들렸다.

─옆에 동생분들 같이 있어요?

태진이 당황해 대답을 못 하고 있을 때, 채이주가 어이없다는 듯 웃었다.

─하긴 없다는 말도 안 했으니까요. 그래도 너무 당연하다는 표정으로 그러고 있는 건 아니죠. 혹시 같이 본 건 아니죠?
"죄송합니다. 동생들이 팬이라고 그래서요."
─그래요… 그래도 좀 부끄러운데.
"나가라고 하겠습니다."
─아니에요. 제가 나중에 다시 걸게요.

그와 동시에 태민이 벌떡 일어나더니 막내 태은의 팔을 잡아 끌었다.

"아, 입 다물고 있을게!"
"따라와. 네가 다 자초한 일이야."

동생들이 나가자 채이주가 오히려 미안해했다.

─가족하고 있는데 미안해요.
"아닙니다. 제가 더 죄송해요. 가족들이 절 챙겨 주는 편이라서요."

―그래요? 상상이 안 되는데. 아! 그런데 드라마 대사들을 대부분 알아요?

"그런 건 아니에요."

―전에도 드라마 대사들 하고 그랬었잖아요.

"몇몇 장면만 알고 있어요."

―그래도 대단하네요. 일도 바쁜데 드라마들도 다 모니터하고. 그게 일이라서 그러는 건가?

태진이 십 년 넘게 침대 생활을 했다는 걸 알 리가 없기에 한 말이었다. 태진은 웃어넘기고는 말을 이었다.

"정확히 기억은 안 나는데 기억나는 대로 해 볼게요."

―네! 그럼 저도 해 볼게요.

채이주는 다시 연기를 하기 시작했고, 태진도 그에 맞춰 상대역을 준비했다. 사실 Solo를 찾아보며 채이주가 나온 드라마도 다시 찾아본 터라 대사는 대부분 기억하고 있었다. 게다가 채이주의 상대역은 카메오로 1화 초반과 아주 나중에 잠깐 나오는 배우로, 감독과의 친분으로 등장한 연기파 배우였다. 채이주와 연습을 하기에는 안성맞춤이었다.

―자기, 이거 어때? 자기 주려고…….

"응, 잠깐."

―네? 뭐 이상했어요?

"아니요… 대사인데요."

—아! 아 죄송해요. 너무 자연스러워서 깜짝 놀랐네. 그럼 다시 할게요.

"네, 그리고 하실 때 제가 채이주 씨와 있으면서도 휴대폰만 보고 있다고 생각하시면 돼요. 아! 제가 얼굴을 안 봐도 되니까 딴청 피우는 척할게요."

태진이 자신의 휴대폰을 보는 척 집어 들었다. 그러고는 곁눈질로 모니터를 쳐다볼 때 채이주가 다시 대사를 뱉었다.

—아! 네! 그럼 다시! 자기, 이거 어때? 자기 주려고…….

"응, 잠깐. 여보세요. 어, 오늘? 그러자."

전화를 하는 느낌을 주려고 일부러 텀을 길게 두었다.

—자기, 이거 봐 봐.

"잠깐만. 이따 얘기하자. 지금 뭐 좀 보내야 돼서."

—또?

"또라니. 내가 바쁘다고 했는데 네가 무슨 일이 있어도 봐야겠다고 그래서 나온 거잖아."

—난 그냥 자기 주려고 이거 샀다고 알려 주려고 그런 건데.

"후, 뭔데."

—자기 주려고 산 거긴 한데, 사실 나도 똑같은 거 샀어.

"뭔데, 티셔츠? 그래, 마음대로 해. 잠깐만."

─후… 또?

연기를 하던 채이주가 갑자기 조용해졌다. 그러고는 뭔가를 생각하는 듯하고선 입을 열었다.

─진짜 귀찮은 건 아니죠?
"네? 아니에요."
─근데 어디서 들어 봤던 목소리인데… 아무튼 저번에도 느꼈는데 정말 아깝네요. 연기 정말 잘하세요.
"아니에요."
─연기 잘한다고 많이 들어 본 표정인데요?

표정을 보며 연기를 했다면 절대 듣지 못할 말이었다. 태진은 주제가 자신의 연기로 넘어온 걸 넘기기 위해 서둘러 입을 열었다.

"한 번 더 해 보실래요?"
─아! 전 어땠어요?
"아까보단 나았어요. 마지막에 한숨 쉴 때, 그때 감정을 처음부터 가져가는 게 어떨까요.
─그것도 좋을 거 같고요.
"그리고 제가 전화를 받으면 바로 대사 하지 마시고 그 감정으로 잠시 쳐다본 다음에 대사를 하시는 게 좋을 거 같아요."
─아하! 네!

태진은 그 뒤로도 채이주의 연기에 조금씩 조언을 주며 연습을 계속했다. 아직은 그만둘 수가 없었다. 성별이 달라서 따라 할 순 없지만, 만약 채이주가 남자였다면 지금까지의 연기는 당장이라도 똑같이 따라 할 수 있는 그런 수준의 연기였다. 물론 점점 나아지는 중이기는 했다.

다만 채이주의 열정이 태진이 생각했던 것보다 대단했다. 무척 짧은 대사를 주고받고 있음에도 계속 말을 해서인지 입에 단내까지 느껴졌다. 게다가 피곤해서인지 두통이 조금씩 생기고 있었다.

만약 통화 중이 아니었다면 두통이 생길 때 따라 할 수 없었던 사람들의 흉내가 가능한지 확인해 볼 텐데 지금은 그럴 수가 없었다. 지금은 약을 먹고 두통을 가라앉히는 게 맞는 듯싶었다. 그때, 채이주가 조심스럽게 입을 열었다.

─다른 팀들 선배님들은 쉽게 쉽게 가르쳐 줄 수 있겠죠? 아! 의기소침한 건 아니고요… 연습하다 보니까 만약에 다른 배우들이 했다면 쉽게 했을 거 같아서요.

그 말을 들은 태진은 순간 확인도 하고, 채이주도 도와 줄 수 있는 방법을 떠올렸다. 그동안 따라 해도 되지 않던 배우들을 채이주의 상대역으로 해 볼 생각이었다.

"다시 해 보죠."

확인을 하기 위해 서둘러 한 말에 채이주 또한 맞장구쳤다.

─맞아요. 연습만이 살길! 다시 해 볼게요. 할게요! 자기, 이거
어때? 자기 주려고……

"응, 잠깐. 여보세요. 어, 오늘? 그러자."

─…지금 뭐예요? 분위기가 완전 다른 사람 같은데요?

태진이 선택한 배우는 최정식이라는 배우였다. 평소 목소리는
따라 할 수 있었지만 영화 속에 나오는 순간 한 장면조차 따라
할 수 없게 만드는 배우로, 연기력만큼은 대한민국 사람 누구라
도 첫 번째로 꼽을 만한 사람이었다.

'된다! 된다! 진짜 된다!'

머리가 지끈지끈한 와중에도 태진은 신기했다. 태민이 말했던
대로 너무 많은 양의 정보가 들어와 흉내를 낼 수 있는 대신 두
통이 생기는 게 맞는 거 같았다. 물론 태진의 의사가 아니었지
만.

─아… 죄송해요. 다시 할게요. 좀 이상해서요.

채이주는 다시 연기를 시작했고, 태진은 그동안 따라 하지 못
하던 사람들을 흉내 내며 연기를 해 갔다. 그러는 중 채이주의
연기가 점점 더 늘어 가는 것이 느껴졌다. 아까는 티가 안 나게

늘고 있었지만, 지금은 눈빛을 비롯해 풍기는 분위기가 정말 배역에 점점 일치해 가는 느낌을 받았다. 순간 태진이 대사를 뱉을 차례였다.

"잠깐만. 이따 얘기하자. 지금 뭐 좀 보내야 돼서."
—……

연기에 집중을 해서인지 그동안 보지 못했던 표정이 보였다. 서운하다는 표정으로 화면을 보고 있었고, 곧이어 상대방과 눈이 마주쳤다고 설정을 했는지 억지로 환한 미소를 짓고 있었다. 그런데 웃고 있는 채이주의 미소가 굉장히 가슴이 아프게 느껴졌다.

"이건 못 따라 하겠는데……."
—네?

무척 짧은 장면이긴 하지만 이 장면을 제대로 연습해서 참가자들에게 보여 준다면 반드시 연기력으로 인정을 받을 수 있을 것 같았다. 동시에 이런 연기가 가능한데 지금까지 도대체 왜 그런 연기를 한 건지도 의아했다. 이 정도 열정이라면 그 동안 연습을 안 했을 리가 없을 터였다.

제2장

—

Solo

다음 날. 태진은 새벽이 되어서야 끝난 연습 때문에 몇 시간 못 자고 출근했다. 그럼에도 태진은 피곤하기는커녕 콧노래까지 나올 정도로 상쾌했다. 사람들이 채이주의 연기를 보며 감탄할 모습을 생각하니 피곤함을 느낄 새가 없었다.

태진은 조금 붕 뜬 기분으로 업무를 하는 중이었고, 어느새 미팅 시간이 다가왔다. 이제 연습실에 갈 생각에 엉덩이까지 들썩거리는 중이었다. 그런데 어째서인지 곽이정이 움직일 생각이 없어 보였다. 그때, 곽이정이 팀원들을 불러 모았다.

"일단 한겨울 씨하고 라온하고 협약 다시 확인하고, 이번 타임 에 추려질 참가자들하고 생존자들 정리하죠."

채이주를 보러 갈 생각이 없는 건지 갑자기 회의를 시작했다. 경력 있는 참가자들을 맡은 팀원들도 어째서인지 사무실에 자리하고 있었다. 그렇게 회의가 시작되었다.

회의 내용은 한겨울과 미팅을 잡았고, 좋은 방향으로 얘기가 진행될 것 같다는 보고였다. 그리고 라온 소속의 은수 또한 수락했다는 내용이었다. 그 뒤로는 앞으로 살아남을 가능성이 있는 생존자들과 우리 팀에서 누구와 교환을 해야 하는지, 그리고 그 참가자가 팀에 합류할 가능성에 대해 얘기 중이었다.

"저희 팀에서는 강준식 씨가 떨어질 확률이 높다고 봅니다."

"팀장님이 맡으신 팀에서는 김선영 씨가 떨어질 것 같은데 그럼 남아 있는 팀원 비율이 딱 맞게 되네요."

"이번 2차 오디션 끝나면 팀 간 트레이드가 진행되고, 그다음엔 경력 무관으로 팀을 짜서 진행할 텐데 아무래도 경력이 있는 사람을 데려오는 게 좋을 듯싶습니다. 그래서 저희가 밀고 있는 최정만 씨와 비교할 수 있는 사람이 필요합니다. 때문에 경력은 오래됐지만 연기력은 그렇게 뛰어나지 않은 참가자를 준비했습니다."

아직 2차 오디션이 끝나지도 않은 상황이었다. 이제 연습하는 단계인데 벌써 그다음을 생각하고 대비하는 것이 태진의 상식에선 이해가 되지 않았다. 게다가 채이주가 제대로 가르쳐 줄지 궁금한 마음에 회의 내용이 귀에 들어오지도 않았다.

마치 상황이 자신들의 예상대로 돌아갈 거라는 확신하에 회의가 이뤄질 때, 곽이정의 휴대폰이 울렸다. 회의를 중단시킨 곽이정은 곧바로 전화를 받았다.

"네, 실장님. 도착하셨군요. 아니요. 저희는 연습이 어느 정도 진행된 뒤에 가려고 했습니다. 아닙니다. 곧 가겠습니다. 아, 참 가자들도 같이 모여야죠. 네, 감사합니다."

통화를 마친 곽이정이 팀원들을 보며 말했다.

"로젠 필 씨가 도착하셨답니다."
"매니저 팀에서 맡기로 한 거 아니에요?"
"그렇죠. 그래도 앞으로 계속 같이 일하게 될 텐데 미리 인사를 하는 게 좋을 것 같군요. 바로 참가자들을 보러 간다는군요. 나머지 회의는 오후에 이어 하고 지금은 일단 준비해서 갑시다."

곽이정은 자리에서 일어나며 태진을 보며 따라오라는 듯 고갯짓을 했다. 어찌 됐든 연습실에 가게 됐다는 생각에 태진이 서둘러 자리에서 일어날 때 갑자기 휴대폰이 울렸다. 휴대폰 화면에는 어제 밤새 통화한 채이주의 이름이 떠 있었다.

"저 전화 좀 받고 가겠습니다."
"급한 전화 아니면 따라오면서 받아요."
"아, 네."

그 말을 끝으로 곽이정은 곧바로 걸음을 옮기기 시작했고, 태진도 곽이정을 뒤따르며 통화 버튼을 눌렀다.

—태진 씨, 혹시 지금 바쁘세요?
"무슨 일 있으세요?"
—그냥······.

어제 통화를 끝낼 당시 채이주 역시 태진처럼 기대감이 가득한 표정이었다. 그런데 지금 채이주의 목소리는 뭔가 침울하게 들렸다.

"왜 그러세요?"
—나 좀 도와줘요······.
"네?"
—연습할 때처럼 나오지가 않아요······.

태진은 순간 걸음을 멈췄다. 도와 달라는 말이 너무 간절하게 느껴졌다. 잘할 거라고 확신을 했는데 문제가 생긴 모양이었다. 곽이정을 따라가고 있는 중이었던 태진은 어떻게 해야 할지 쉽게 결정을 내릴 수가 없었다.

—도와줄 수 있어요······?

또다시 도와 달라는 말에 태진은 결정을 내렸다. 자신이 선택하고 집중하고 있는 사람은 채이주였다.

"네, 바로 갈게요."

—고마워요! 기다릴게요.

곽이정에게 보고도 하지 않은 채 말부터 꺼낸 태진은 서둘러 걸음을 옮겼다. 그러고는 곽이정을 부른 뒤 입을 열었다.

"저, 팀장님, 저 지금 채이주 씨가 있는 팀으로 가야 할 것 같은데요."

"무슨 일 있어요? 아무 얘기도 못 들었는데."

"아, 그게."

막상 결정을 내리기는 했는데 어떻게 말을 해야 할지 난감했다. 채이주의 입장까지 생각한다면 채이주가 도와 달라고 했다는 말을 그대로 말하기도 어려웠다. 그때, 문득 좋은 변명거리가 생각났다.

"Solo 곡 때문에 그러신 거 같습니다."

"그래요? 이상하네. 완성본 나오기 전까지 문제없을 텐데."

곽이정이 같이 이동하던 팀원을 쳐다봤다. 그러자 그 팀원도 고개를 갸웃거렸다.

"분명히 매니저 팀에 넘겨줘서 거기서 관리할 거라서 문제없을 텐데요."

"그렇죠?"

"네, 확실합니다. 그런데 그걸 왜 태진 씨한테 얘기를 했지?"

거짓말도 해 본 사람이 한다고, 너무 서툴렀다. 그래도 생각해낸 걸 최대한 밀고 나갔다.

"Solo 해석에 대해서 물어보시려고 그러는 거 같습니다."

"채이주 씨가 직접이요?"

"아, 네."

"그래요?"

그때, 팀원 한 명이 곽이정에게 말했다.

"저희 어차피 채이주 씨 있는 팀으로 이동할 건데 먼저 가 있어도 될 것 같은데요?"

"그래요. 가서 문제 있으면 혼자 해결하려고 하지 말고 연락하세요."

"신입인데 당연히 그러겠죠. 태진 씨는 그럼 내려가고 좀 이따 봐요. 아, 연습실 바로 옆이지?"

곽이정의 허락이 떨어지자 태진은 곧바로 비상구 계단 문을 열었다. 연습실이 붙어 있었기에 같이 엘리베이터를 타고 가도 되지만 마음이 급해 그런 생각조차 하지 못했다. 급한 마음에

재활 치료 이후로 뛰어다녀 본 적이 없는 계단을 성큼성큼 뛰어 내려갔다.

6층에서 지하 1층까지 뛰어 내려온 태진은 숨을 헐떡이며 연습실 문 앞에 섰다. 그리고 숨을 잠시 고르고는 노크를 했다. 그러자 곧 문이 열렸고, 채이주의 매니저가 얼굴을 보였다.

"어? 벌써 오셨어요? 아까 팀장님이 오후에나 오신다고 하셨는데."
"아, 네."
"혼자 오셨어요?"

반응으로 보아 채이주가 태진에게 연락한 것을 모르는 눈치였다.

"아, 네. 옆에 연기 선생님 오셨다고 해서요. 로젠 필 씨가 도착했다네요."
"네? 저희도 알죠. 그거 알려 주시려고 오셨어요?"
"네. 전 여기서 대기하라고 하셔서요."
"그렇구나. 들어오세요. 지금 연습 중이에요. 마침 잘됐네요. 옆에 참가자들 데리러 가야 했는데, 여기 좀 지켜 주세요."

또다시 익숙지 않은 거짓말로 상황을 모면한 뒤 연습실로 들어왔다. 연습실 안에는 카메라가 달려 있었고, 촬영 팀으로 보이는 사람들이 몇 있었다. 태진은 간단한 인사를 하고는 채이주부터 찾았다. 자신을 기다리고 있었는지 이쪽을 쳐다보고 있는 채이주가 보였다. 태진은 서둘러 걸음을 옮겼다.

"안녕하세요. 안녕하세요."

참가자들에게 인사를 건넨 태진은 채이주에게 다가갔다.

"로젠 필 씨가 도착하셨다고 아! 아무튼 그거 때문에 드릴 말
씀이 있는데 잠시만 시간 되세요?"
"네? 아! 네……."

태진은 순간 아차 싶었다. 로젠 필이 지도자로 합류하는 건
회사 사람들만 알고 있는 것이었다. 채이주를 불러내기 위해 거
짓말을 하느라 실수를 했다. 하지만 참가자들의 반응을 보니 별
문제는 없을 것 같았다. 로젠 필이 누군지, 어떤 사람인지 관심
도 없어 보였다.
채이주와 잠시 구석으로 자리를 옮긴 태진은 주머니에서 메모
지를 꺼낸 뒤 괜한 낙서를 하며 물었다.

"무슨 문제 있으신 건가요?"
"그게… 아무리 하려고 해도 어제 연습할 때처럼 안 돼요."
"왜요? 마지막에 엄청 잘하셨는데요. 컨디션 안 좋으세요?"
"컨디션은 오히려 좋은데… 그 느낌이 안 나요."
"참가자들한테 보여 주신 거예요?"
"잠깐 하려고 했는데… 제대로 안 돼서 말로만 얘기했어요."

"왜 그럴까요."

태진이 따라 하지 못할 만큼의 연기였는데 갑자기 안 된다는 말에 오히려 질문을 해 버렸다. 그러자 채이주가 잠시 머뭇거리더니 입을 열었다.

"그게… 연기를 하려고 하는데 자꾸 태진 씨가 그려지면서 집중이 안 돼요."
"네?"

태진은 순간 눈을 껌뻑거렸다. 뭔가 드라마에서 보던 고백을 받은 느낌에 가슴이 콩닥거리려 할 때였다. 밤새 통화를 한 것도 그렇고, 도와 달라고 연락을 한 것도 그렇고, 막내 태은이 했던 말이 갑자기 머릿속을 떠다녔다.

'톱스타와 신입 직원의 사랑……'

그때, 채이주가 굉장히 조심스럽게 입을 열었다.

"태진 씨가 같이 해 준 연기하고 차이가 있어서 그런 거 같아요. 그래서 태진 씨한테 도와 달라고 한 거예요. 다른 거 안 해 줘도 되니까… 저기 뒤에서 어제처럼 휴대폰만 보고 있어 주면 해서요… 부탁드려요."
"네?"

말도 안 되는 상상을 하던 태진은 마치 그 상상이 들키기라도 한 사람처럼 얼굴이 새빨개졌다. 얼굴에 열이 올라오는 게 스스로도 느껴졌던 태진은 민망한 마음에 서둘러 고개를 끄덕거렸다. 그러고는 연습실 뒤에 있던 자리를 가리키며 말했다.

"저기 저 뒤에 있을까요."
"네, 감사해요… 정말 감사해요."

태진은 민망함에 서둘러 연습실 뒤쪽에 자리를 잡은 채 통화를 하며 연습했던 대로 휴대폰을 보는 척을 했다. 그러자 곧바로 채이주의 목소리가 들렸다.

"하영 씨가 하는 것도 좋은데 아까 내가 말한 대로 해 보는 건 어때요."
"전 자신 없는데… 내가 어떤 기분인지 보여 줘야 하는데 선배님이 말씀하신 대로 하면 느낌을 보여 줄 수가 없을 거 같아요."

곡을 정할 때도 느꼈지만 하영이라는 참가자는 항상 자신의 의견을 숨기지 않고 솔직하게 표현했다. 가르쳐 주는 입장에서는 기분이 나쁠 수도 있음에도 채이주는 그렇지 않은 모양이었다. 오히려 약간 기뻐하는 것처럼 느껴졌다. 그때, 연습실 문이 열리더니 매니저와 함께 다른 연습실에 있던 참가자들이 들어왔다.

"잠깐 앉아 계세요. 여기 연습 중이니까. 끝나면 바로 전달 사항 있거든요."

다른 팀의 참가자들은 다른 팀의 연습이 궁금했는지 뒤에 자리를 잡았고, 연습을 하고 있던 팀은 지금 상황을 약간 불편해하는 듯 보였다. 다만 채이주만은 집중을 잃지 않으려 연신 태진을 쳐다봤다. 참가자들이 자리를 잡자 채이주가 하영을 보며 말했다.

"어떤 느낌인지 한번 보여 줄까요?"
"네, 사실 말로만 들어서는 잘 모르겠어요."
"그럼 한번 보여 줄게요. 잠깐만 이쪽에 서서 봐요. 조금 옆으로, 가리지 말고. 아니, 조금만 옆으로 서서 봐요."

참가자들의 위치까지 조절한 채이주는 잠시 눈을 살며시 감았다 떴다. 그러고는 태진을 한 번 쳐다보고는 곧바로 Solo를 재생했다. 연습실 스피커에서 Solo가 나오기 시작하자 채이주가 연기를 시작했다. 어제 통화를 할 때처럼.

'어, 잘하긴 하는데 어제만큼은 아닌데.'

최고로 잘한 연기를 봤던 태진이었기에 지금의 연기가 조금은 부족하게 느껴졌다. 하지만 참가자들이나 바로 옆에 있던 촬영팀은 지금 연기만으로도 충분히 놀라고 있었다. 그때, 옆에 있던 촬영 팀이 속닥거리는 말이 들렸다.

"뭐야, 채이주 연기 왜 저렇게 잘해. 와, 배우는 배우구나."
"에이, 짬밥이 있죠. 저래도 경력이 얼만데. 그리고 참가자들
연기 보다가 보니까 당연히 잘해 보이죠."
"그런가? 그래도 비교가 되는구나."
"이거 그림 좀 되겠는데요? 자연스럽게 심사 위원 자격 검증도
되는 거고."

채이주의 지금 연기가 조금 아쉽기는 했지만, 태진이 원하던
대로 흘러가는 것이 만족스러웠다. 그때, 채이주의 연기가 끝났
고, 참가자들에게 입을 열었다.

"어땠어요? 이런 느낌도 괜찮죠? 내가 해석한 건 이게 제일 좋
을 거 같아서 조언해 주는 거예요."
"아… 웃고 있는데 슬퍼 보이고… 정말 외로워 보이는 느낌이
에요. 이걸 어떻게 해야 되죠?"
"어렵지 않아요. 하영 씨라면 잘할 거예요."
"그런가요… 선배님 연기 보니까 그게 나을 거 같은데 제가 정
말 잘할 수 있을까요?"
"그걸 도와주려고 제가 있는 거예요."

채이주의 연기를 본 뒤 마음이 바뀐 모양이었다. 채이주가 참
가자들에게 인정을 받기 시작하는 모습에 태진이 속으로 미소

를 지을 때였다. 갑자기 노크도 없이 문이 열리면서 곽이정이 들어왔고, 그 뒤로 매니저 팀이 따라 들어왔다.

*   *   *

다들 유명한 할리우드 연기 지도자인 로젠 필의 등장을 조금 더 극적으로 담기 위해 준비를 했다. 깜짝 등장이 굉장히 식상한 방식이기는 하지만, 끊임없이 나오는 데는 다 이유가 있었다. 사람을 부각시키는 데 이보다 좋은 방법은 없었으니까.

"채이주 씨."

채이주도 어떤 상황인지 이미 알고 있었기에 매니저 팀 실장이 부르는 말에 곧바로 연습을 정리했다. 그러고는 뒤에 있던 참가자들까지 불러 참가자 8명 전원을 한자리에 앉게 했다. 그러고는 여느 예능에서나 보던 것처럼 의미 없는 말들을 이것저것 뱉기 시작했다.

오디션 준비에 대한 것들로 시작해서 채이주가 연기를 하면서 느낀 얘기도 있었고, 앞으로 받게 될 관심을 어떻게 받아들여야 하는지에 관한 얘기도 있었다. 그렇게 한참 얘기를 하고 있을 때 매니저 실장이 신호를 주었다.

"그리고 진즉에 말을 하려고 했는데 다들 말은 안 해도 조금 불안했을 거예요."

"네? 아닌데요!"

"기사도 나오고 그래서 주변에서 들리는 말이 있었을 텐데 안 불안했다고요?"

"아……."

참가자들은 그제야 채이주가 말한 것의 의미를 이해했다. 실제로도 불안했었는지 다들 코를 만진다든가 헛기침으로 대답을 대신했다.

"그건 좀 과장된 얘기니까 신경 쓰지 마세요. 사람과 사람이 일을 하는데 의견 충돌이 있을 수 있잖아요. 그게 다 더 잘하기 위해서 생긴 일이거든요. 그리고 기사 내용도 사실하고 완전 달라요. 이쪽에서 일하다 보면 내가 안 한 일도 기사로 나오거든요. 그럼 내가 진짜로 했나? 그런 생각도 들고요."

채이주는 농담을 섞어 가며 분위기를 조금 가볍게 만들었다.

"특히 최정만 씨!"

"네?"

"내가 최정만 씨를 살려서 싸웠다는 기사 봤죠?"

"네……."

"절대 그런 거 아니니까 신경 쓰지 마세요. 저한테 그 정도 권한도 없는 게 이상하잖아요. 그렇죠?"

본의 아니게 기사의 중심에 있었던 최정만도 걱정을 했었던 모양이었다. 아직 완벽하게 걱정이 가신 건 아니더라도 조금은 편안해진 것처럼 보였다. 그때, 참가자 하영이 손을 번쩍 들더니 입을 열었다.

"그럼 왜 싸우신 거예요? 다른 의미는 없고 나중에 같은 일이 생길 때 참고하려고요!"

채이주는 가볍게 웃으며 말했다.

"내가 좀 욕심이 많아서 그런 일이 생겼어요. 저를 선택한 여러분들에게 할 수 있는 최고의 도움을 주려다 보니까 그런 오해를 산 거죠. 여러분의 연기를 지도해 줄 배우를 모셔 달라고 했거든요."
"오!"
"뭐야, 왜 좋아해요? 나로 만족 못 하고 있었네!"
"아닙니다! 아니에요!"

채이주는 곽이정을 보더니 미소를 지으며 말했다.

"제가 어떤 분 모셔 달라고 했죠?"
"최정식 씨 모셔 달라고 했습니다. 그런데 최정식 씨가 소속된 플레이스에서도 라이브 액팅에 참여 중이니 어렵다고 했죠."
"그리고 또 누구였죠?"

"많았습니다. A4 용지에 가득 채웠었죠. 빌 러셀, 제임스 힐, 칼 카슨, 엠마 로렌스 등 전부 헐리우드 배우들로 섭외해 달라고 했죠. 그런데 그 많은 사람을 섭외할 수가 있나요."

참가자들도 동의한다는 듯 가볍게 웃었다. 배보다 배꼽이 더 커지는 상황이었기에 아무리 생각해도 말도 안 되는 섭외였다. 그래도 자신들을 생각해 주는 채이주의 마음이 고마웠기에 채이주를 보는 시선이 한층 더 부드러워졌다. 그때, 곽이정이 말이 끝나지 않았다는 듯 목을 가다듬고는 말을 이었다.

"그래서 그 많은 배우들을 모실 수 없는 대신, 다 모인 것 같은 효과를 낼 수 있는 분을 모셨습니다."

곽이정이 신호를 주자 매니저 팀이 연습실 문을 열었다. 그러자 외국인 한 명이 손을 흔들며 웃으며 들어왔다.

'로젠 필? 프로필하고 완전 다르네.'

태진은 신기해하며 로젠 필을 바라봤다. 프로필로 봤을 때는 굉장히 날렵했는데 한 10년 전 프로필 같았다. 지금은 작은 키에 뚱뚱해 마치 헬스장에서 봤던 짐볼처럼 보였다. 나이에 걸맞지 않게 귀여운 느낌이었다.

"로젠 필 씨입니다."

곽이정이 소개를 하자 참가자들이 서로의 눈치를 보며 박수를 보냈다. 일단 박수를 치기는 하는데 누구인지 전혀 모르는 눈치였다. 사실 영화를 그렇게 많이 본 태진도 로젠 필이라는 이름은 처음 들어 봤다. 스크린 뒤에서 활약을 하고 있는 사람까지 알 순 없었다. 그때, 채이주가 먼저 나서서 인사를 건네고는 참가자들에게 소개했다.

"앞서 말한 빌 러셀이랑 제임스 힐 등, 지금 할리우드에서 활약하는 배우들의 연기를 지도한 분이세요. 현재도 할리우드에서 배우들의 연기를 지도하고 계시는데 우리 팀에 합류하기 위해 한걸음에 와 주셨어요. 앞으로 우리 팀에서 연기를 지도해 주실 겁니다."

"어?"

"우와……."

참가자들은 유명한 지도자에게 가르침을 받는 것에 기뻐하기보다 오히려 신기해했다. 현실성이 없다고 느껴지는지 마치 다른 사람 얘기를 듣는 것 같은 얼굴들이었다. 그때, 로젠 필이 나서며 한 사람 한 사람 빼놓지 않고 모두에게 악수를 건넸다.

"반갑습니다. 지금은 무슨 얘기를 해도 금방 친해지기는 어렵겠죠? 앞으로 시간이 많으니 천천히 친해지기로 합시다. 그런데 다음 오디션까지의 시간이 얼마 없죠? 내일 시나리오 수정하고 바로 촬영한다고 들었습니다. 맞죠? 어떻게 준비되고 있는지 먼저 보죠."

필의 말에 귀를 기울이던 태진은 실제로도 영어를 알아들을 수 있다는 것에 신기해했다. 마치 영화를 눈앞에서 보는 것 같은 느낌이었다.

'들린다… 그런데 제대로 들은 게 맞나… 외모랑 다르게 좀 까칠한 거 같네.'

제대로 들었는지 헷갈릴 정도로 외모와 말투가 너무 달랐다. 통역사에게 말을 전해 들은 참가자들도 갑자기 긴장했다.

"네 명씩 두 팀이라고 들었습니다. A팀은 'Last summer', B팀은 'Solo'죠. 맞죠? 하나, 둘, 셋… 여덟 명 맞군요. 들어오면서 보니까 여기가 B팀이 사용하는 연습실 같더군요. B팀부터 볼까요?"

인사를 나눈 지 몇 초 만에 연기를 보자는 말에 모든 사람이 당황했다. 채이주 역시 이런 건 전해 듣지 못했는지 당황했다. 연습실 안에서 신난 건 촬영 팀뿐이었다.

채이주는 어떻게 해야 되는지 묻는 참가자들의 눈빛을 받으며 입을 열었다.

"현재 연기 실력을 알고 싶어 하시는 거 같아요. 그러니까 부담감 느끼지 말고 하던 대로 해 보죠. 아직 연습 중이니까 괜찮을 거예요."

채이주는 참가자들을 응원해 준 뒤 로젠 필에게 다가갔다. 그러고는 통역사에게 부탁을 해 Solo에 대해서 설명을 했다.

"Solo라는 곡은 오래된 연인이 느끼는 외로움……."
"알아요. 전부 다 들었죠."

로젠 필은 잇몸까지 내 보이며 태블릿 PC를 톡톡 쳤다. 알아볼 순 없지만 그 안에 곡에 대한 정보가 담겨 있는 모양이었다. 그렇게 참가자들의 연기가 시작되었고, 연기이다 보니 미숙한 부분도 많았을 것이었다. 그럼에도 그는 굉장히 진지하게 참가자들의 연기를 지켜봤다.

태진도 유명한 지도자가 어떤 평가를 내릴지 궁금한 마음에 집중해서 지켜봤다. 그런데 하영의 연기는 채이주가 가르쳐 준 연기가 아닌 원래 자신이 준비한 연기였다. 배우고 연습할 시간이 없었기에 원래 준비한 연기를 한 것 같았다. 그 뒤로 참가자들도 자신들이 연습한 대로 연기를 했다.

잠시 뒤 참가자들의 연기가 끝이 나자 로젠 필이 가볍게 박수를 쳤다. 그러자 참가자들이 기쁨의 미소를 보일 때, 로젠 필이 연인을 연기했던 두 사람씩을 묶어 손가락으로 가리켰다.

"일단 정만? 선영? 맞죠?"

"네, 맞습니다."

"네, 김선영이에요."

"예상대로 굉장히 무난하네요."

정만과 선영은 서로를 보고 씨익 웃자, 필이 두 사람의 시선 사이에 손을 끼워 넣었다. 그러고는 손을 흔들며 고개를 저었다.

"지금 뭘 잘못 알고 있는데, 무난하면 안 되죠. 특색이 없다는 말입니다. 뮤직비디오라는 짧은 영상 속에, 그것도 반으로 나눠서 나오는데 뭘 보여 주려고 그러는 겁니까?"

통역사에게 전해 들은 정만과 선영은 민망함에 고개를 숙여 버렸다. 방금 전 칭찬인 줄 알고 좋아하지만 않았어도 덜 민망했을 텐데 너무 기뻐한 만큼 민망함이 배가되었다. 그럼에도 필의 독설은 끝나지 않았다.

"이 곡을 들으면서부터 걱정했는데 안타깝게도 그 걱정이 맞았군요. 아예 이별이 극이 되는 그런 곡이라면 오히려 더 쉽게 했을 텐데 지금 이 곡은 지금 당신들에게는 너무 어려워요. 그 이별의 기운을 몸 전체에서 이끌어 내야 하거든요. 뒷모습만 봐도 외로워 보이는 그런 느낌. 그게 카메라나 편집이 만드는 거라고 생각들 하는데 기본적으로 그런 느낌을 갖고 있어야지 나오는 겁니다."

아주 열변을 토하고 있지만, 모든 참가자들이 이해하지 못하는 눈치였다. 참가자들뿐만이 아니라 연습실 안 모두가 같은 표정이었다. 하지만 태진만은 달랐다.

'맞지! 특히 살인자 역 같은 경우는 뒷모습만 봐도 섬뜩하니까!'

곡 선택을 지적당한 것이 아쉽기는 했지만, 뭔가 제대로 가르쳐 줄 수 있는 사람을 데려온 것 같았다. 그때, 필이 다른 두 사람을 찍었다.

"하영과 동건? 맞죠?"

동건은 앞선 지적에 잔뜩 긴장했는데, 하영은 오히려 기대하는 눈치였다. 자신이 한 연기가 짧은 시간에 보여 주기에는 임팩트 있다고 생각했다. 하지만 돌아온 평가는 하영의 생각과 달랐다. 필의 입에서 독설이 쏟아지기 시작했다.

"둘이 연인이 맞긴 맞는 거죠? 그러니까 극 중에서."
"네? 네……."
"내가 보기에는 전혀 그렇게 안 보이던데. 마치 각자 다른 연인을 두고 옆 테이블에 앉아서 각자의 애인이 따로 있는 듯한 그런 그림? 그러니까 옆 테이블 구경하는 그런 느낌이었어요."

동건과 하영도 고개를 마찬가지로 고개를 숙일 때, 필이 하영을 찍었다.

"이게 그쪽 영향이 커요."
"저요?"
"내가 당신을 가리키고 있는데요."
"아… 네."
"지금 하영은 상황에 녹아들지 못하고 있어요. 혼자만 겉도는 느낌이랄까? 그리고 마치 남에게 전해 들은 얘기를 듣고 화를 내는 사람처럼 보입니다."
"아닌데 녹아들었는데……."

필에게조차 자신의 의견을 어필할 줄 몰랐던 사람들은 필과 하영의 눈치를 살폈다. 하영의 혼잣말마저 통역으로 전해 들은 필은 피식 웃더니 말을 뱉었다.

"그 연기로 균형이 무너집니다. 그래서 저 두 사람의 연기까지 더 특색 없이 보이고요. 극이라는 건 혼자 진행되는 게 아닙니다. 조화, 균형도 중요하죠. 지금 상황을 봐서는 당장이라도 곡을 바꾸는 게 여러분에게 이득이 될 겁니다."

이미 라온과 녹음까지 진행되고 있는 상황에 매니저 팀은 물론이고 곽이정까지 당황했다. 그때, 필의 말을 전해 들은 하영은 끝까지 인정하고 싶지 않았는지 다시 대꾸를 했다.

"다른 버전도 있는데 지금 배우는 중이거든요. 그렇게 하면 조화가 될 거예요. 지금한 건 연습 버전!"

"지금 다른 버전도 보여 주세요."

"아직 한 번밖에 못 봐서요. 채이주 선배님한테 배우는 중이에요."

당차다고 해야 하는지, 예의가 없다고 해야 하는지, 할 말을 참지 않는 스타일이었다. 그때, 필이 갑자기 채이주를 가만히 쳐다봤다. 그러고는 참가자들과는 조금 다르게 정중하게 부탁을 건넸다.

"실례가 안 된다면 어떤 그림을 그리는지 보고 싶군요."

그 말이 끝남과 동시에 태진은 고개를 이리저리 돌렸다. 그러고는 채이주의 시선에 보이는 곳으로 향하고는 의자에 앉아 버렸다. 아나나 다를까, 필의 말을 전해 들은 채이주가 긴장한 표정으로 태진을 찾으려고 두리번거렸다.

미리 자리를 잡고 있는 태진을 발견한 채이주가 안도하는 표정으로 변했다. 그러곤 용기를 얻었는지 연기를 하려고 자리를 잡았다. 그때, 뒤에 있던 매니저 실장이 갑자기 앞으로 나오더니 필에게 직접 말했다.

"이건 아닌데요. 이분은 지금 참가자들을 지도하는 분입니다."

"그렇죠. 궁금한 마음에 실례했군요."

필은 당사자인 채이주에게 바로 사과를 했다. 이주도 실장이 왜 나선 건지 느껴졌다. 잘못하면 참가자들이나 카메라 앞에서 망신을 당할 수 있다는 생각에 자신을 보호하려고 나선 것이었다. 하지만 지금은 자신도 괜찮다고 느껴지는 연기를 필이 본다면 어떨까 하는 궁금함과 자신 역시 연기 실력을 올리고 싶은 사람으로, 유명한 지도자에게 조언을 받아 보고 싶은 마음이 컸다.

"저 괜찮은데요. 한번 해 볼게요."
"안 하셔도 됩니다. 제가 잘 얘기했습니다."
"저희 팀원 친구들한테도 보여 주고 싶어서 그래요."

채이주가 이렇게 나올지 몰랐던 실장은 살짝 당황했다. 하지만 이내 이주의 뜻을 존중한다는 듯 한발 물러섰다. 그러자 채이주가 한 곳을 가리키고는 곧바로 입을 열었다.

"이쪽에서 봐 달라고 해 주세요. 그리고 음악 틀어 주세요."

곧이어 음악이 나오기 시작하자 채이주는 연습한 대로 연기를 시작했다. 지금도 어제 통화할 때만큼은 아니었지만, 아까 하영에게 보여 줬을 때보다는 더 나아진 듯 보였다. 정말 제대로 된 연기는 아님에도 그런 모습을 제대로 본 적이 없었던 사람들은 모두가 같은 표정이었다. 소리를 내지는 않고 있지만 오므린 입술이 앞으로 튀어나와 있었다. 아마 소리를 낼 수 있었다면 전부 '오'가 나왔을 만한 입이었다. 그리고 그중에는 곽이정 역시 속해 있었다.

'어제 연기를 봤으면 더 놀랐겠네.'

태진이 약간 아쉽긴 해도 성공적이라는 생각에 만족해할 때, 갑자기 필이 자신이 있는 쪽을 살폈다. 지금도 곁눈질로 살피고 있는 터라 이쪽을 보는 게 맞는지 확실치는 않지만, 느낌상은 채이주를 보다가 다시 이쪽을 보는 것을 반복했다. 그러자 필을 쳐다보고 있던 캐스팅 팀 선배가 갑자기 태진의 옆으로 다가오더니 조용하게 속삭였다.

"이 사람이! 지금 뭐 하는 거예요. 다들 일어서서 조용히 긴장하고 있는데 왜 태진 씨만 앉아서 휴대폰 보고 있어요! 저 사람이 얼마나 깐깐한데! 그리고 채이주 씨도 지금 혼신의 연기를 펼치는 중인데 미쳤어요?"

"네?"

"뭘 네예요! 빨리 일어나요. 혼자 딴짓하니까 필 씨가 자꾸 태진 씨만 보잖아요. 이게 무슨 실례예요."

아직 채이주의 연기가 끝나지 않았기에 어떻게든 자리를 지켜 보려고 했다. 그러자 선배가 표정을 일그러뜨리더니 필의 시야에서 아예 가려 버릴 심산으로 태진의 앞에 서 버렸다. 태진은 혹시라도 채이주의 연기가 무너질까 봐 급하게 요리조리 자리를 움직였지만, 선배는 그때마다 정확히 따라 움직이며 태진을 가렸다. 그러고는 화난 표정으로 태진을 보며 입만 벙긋거렸다.

'왜 그래요! 진짜 미쳤어요?'

마음 같았으면 밀쳐 내고 싶을 정도였다. 그때, 갑자기 박수 소리가 들리더니 필의 목소리가 들려왔다.

"브라비! 상당히 좋은데요? 이런 연기라면 이 곡이 맞죠. 오랜만에 정말 제대로 된 연기를 봤습니다. 브라비!"

통역사에게 전해 들은 사람들도 그제야 박수를 보냈다. 그러고는 옆에 있던 매니저 팀원들이 하는 말이 들렸다.

"브라보 아니에요? 브라비는 남녀 같이 할 때 하는 말로 아는데."
"촌스럽기는. 요즘은 전부 브라비라고 그러는 거다."
"아닌데……."
"아니긴 뭘 아니야. 그나저나 우리 이주 씨 연기 물올라 가는데! 제작 팀한테 이거 꼭 나올 수 있게 얘기해야겠다."

다행히 채이주가 끝까지 제대로 된 연기를 한 모양이었다. 태진은 그제야 안도의 한숨을 뱉었고, 조금 더 편안해진 느낌으로 참가자들의 연기를 볼 수 있었다.

B팀의 연기가 끝나자 곧바로 A팀으로 넘어갔고, 연기 경험이 있는 사람들로 꾸려진 팀인 만큼 기대를 했는데 오히려 더 많은 독설을 들어야 했다.

"마음에서 시키는 대로 연기를 해도 된다고 생각합니까? 절대 아닙니다. 물론 몇몇 특출난 사람들은 그래도 됩니다. 하지만 그건 극소수에 해당되는 말이고, 당신들은 그런 사람이 아니에요. 당신들은 작은 손짓 하나에도 계산된 연기가 필요합니다. 연기 좀 해 봤다고 편하게 생각할 게 아닙니다. 이 팀은 마인드부터 바뀌어야 할 것 같군요."

저 정도 말까지 들을 정도는 아니었다고 생각했는데 아무래도 최선을 다하지 않은 모양이었다. 그런 독설을 끝으로 필은 뒤에 자리 잡은 스태프들에게 말했다.

"바로 연습 시작할 테니까 그만 돌아가시죠. 여기부터 하죠. A팀은 돌아가서 다시 자신들의 연기에 대해서 생각해 보세요. 자, 시간 없으니 서둘러 움직입시다."

그 말에 매니저 팀과 캐스팅 팀이 연습실을 나서기 시작했다. 태진도 궁금했지만, 이곳의 중심인 필이 나가라고 했으니 어쩔 수 없이 나가야 했다. 그때, 아까 뭐라 하던 선배가 태진의 옆으로 다가왔다.

"신입이라고 그래도 너무 생각 없는 거 아니에요? 참, 진짜. 우리 회사에 직급이 없으니까 선배로서 하는 말은 아니고! 그건 기본적인 예의죠."

그 말을 들은 곽이정은 태진이 앉아 있던 걸 보지 못했었는지 의아해하며 물었다.

"무슨 일인데요."
"채이주 씨 연기할 때 혼자 앉아서 핸드폰 보고 있잖아요."
"그랬어요? 음, 아까도 전화 오던데 혹시 집에 급한 일 있어요?"

한 번의 거짓말에 점점 살이 붙어 가고 있었다. 아무래도 사실대로 얘기를 하는 게 좋겠다고 생각할 때, 갑자기 뒤에서 부르는 소리가 들렸다.

"잠시만! 거기 가장 뒤에 계신 분!"

연습실을 나가려던 찰나 필이 부르는 소리에 캐스팅 팀 전체가 멈춰 섰다.

"팀장님 부르는 거 같은데요?"

곽이정이 나서려 할 때, 필이 태진을 정확히 가리켰다.

"그쪽도 좀 남아 주세요."

모두가 태진을 쳐다보자 태진도 이유를 모르겠다는 표정으로
스스로를 가리켰다.

"저요?"
"영어 할 줄 압니까?"
"조금요."
"잘됐네요. 시간 없으니까 빨리 오세요."

곽이정 역시 의아한 표정으로 태진을 보자 태진을 훈계했던
선배가 한숨을 뱉으며 말했다.

"찍혔네. 깐깐하다고 그렇게 말했는데. 참 좋은 모습 보여 주
네요."

그 말을 들은 곽이정은 태진을 물끄러미 쳐다봤다.

"무슨 일 있는 거면 지금이라도 말하세요."
"없습니다……."
"그래요. 그럼 남아서 도와 드리고 오세요."

그 말을 끝으로 캐스팅 팀이 돌아갔고, 태진은 연습실에 남게 되었다. 태진은 왜 자신을 남게 한 건지 이해하지 못했다. 태진이 아까 앉아 있던 자리에 자리를 잡자 필이 팀원들에게 말했다.

"잠시 자신이 연기해야 할 캐릭터를 여러 가지 방향으로 생각 해 보세요. 그리고 채이주 씨는 잠시 얘기 좀 하죠."

통역사에게 전해 들은 채이주는 고개를 끄덕이며 필을 따라 갔다. 그런데 필이 향하는 곳은 태진이 있는 곳이었다. 태진의 앞에 도착한 필은 통역사마저 보냈다.

"이분이 영어로 대화가 가능하니 잠시 자리 좀 비켜 주시죠. 카메라도 이쪽 피해 주세요."

통역사는 그 말을 전달하고 자리를 피했다. 이제 남은 건 셋 이었다. 그때, 필이 웃으며 입을 열었다.

"둘의 호흡이 너무 잘 맞더군요."

채이주는 알아듣지 못했는지 태진을 봤다.

"뭐라고 그러는 거예요?"
"그게… 저희 둘 호흡이 잘 맞는다고 그러는 거 같은데요."

태진도 놀랐지만 티가 나지 않는 터에 채이주만 엄청 놀라는 것처럼 보였다.

"영국식 영어군요? 후후, 아무튼 놀랄 필요 있나요? 채이주 씨 시선에서 느껴지는 외로움 끝에 당신이 있더군요."

"아……."

"내가 사전에 조사를 했던 채이주 씨하고는 너무 달라서 놀랐습니다. 완전 다른 사람이라고 착각할 정도로. 이렇게 된 배경에 당신이 있는 거 같은데 내 생각이 맞나요?"

어떻게 단번에 알아봤는지 너무 신기했다. 그런데 이걸 어떤 식으로 채이주에게 전해 주어야 할지 난감했다. 그때, 필이 갑자기 태진의 얼굴을 뚫어져라 살폈다. 그러고는 손을 들어 자신의 얼굴을 훑었다.

"혹시 표정을 지을 수 없습니까? 안면 마비?"

태진은 정말 소스라치게 놀랐다. 그동안 계속 마주쳤던 사람들도 알아보지 못한 걸 잠깐 마주한 사람이 알아차렸다.

"맞습니까?"

"네, 사고로……."

"안면 마비 같은 경우는 치료가 될 텐데요?"

"사고가 크게 났었습니다. 그런데… 어떻게 아셨습니까?"

"눈빛."

놀란 것도 잠시, 옆에 있는 채이주를 봤다. 괜히 또 자신을 안타깝게 볼 수도 있었기에 그러지 않았으면 하는 바람이었다. 그런데 채이주는 말을 알아듣지 못했는지 무슨 얘기를 하는지 궁금해하는 표정으로 태진을 보고 있었다. 그때, 필은 두 손가락으로 자신의 눈을 가리키고는 말을 이었다.

"눈빛으로 말하고 있잖아요. 아까 연기할 때도 정말 귀찮다는 눈빛을 했고요. 곁눈질만 안 했어도 더 좋았을 텐데 채이주 씨를 살피느라 계속 곁눈질을 하더군요."
"그게 보이셨습니까?"
"보이죠. 그런데 말투는 왜 그래요? 무슨 영국 귀족 스쿨 다녔어요? 편하게 말하세요."

미드 속 가장 예의 바른 캐릭터를 흉내 낸 걸 지적당했다. 그렇다고 당장 딱히 떠오르는 캐릭터가 없었기에 지금 흉내 내고 있는 캐릭터를 유지했다.

"다들 몰라서······."
"그럴 거 같더군요. 연기 호흡도 숨어서 하는 걸 보니까 두 사람만의 뭔가가 있다는 생각에 따로 부른 겁니다. 그래서 채이주 씨의 연기를 찾아 준 게 당신이죠? 그런데 배우는 아닌 거 같고."

태진은 약간 의아했다. 가르쳐 준 게 아니라 찾아 줬다는 게 맞게 들은 건가 의아했지만, 비슷한 맥락으로 말한 것 같았다.

"제가 도와줬다기보다는 같이 연습을 했다고 하는 게 맞는 거 같군요."

"그게 아니라, 그쪽이… 그러고 보니 이름도 몰랐네요."

"한태진이라고 합니다. 태진 혹은 한이라고 편하신 대로 부르시면 됩니다."

"영어가 영 적응이 안 되네. 배우도 아닌 거 같은데 그렇다고 연기 지도자도 아닐 거고, 정체가 뭐죠?"

"전 캐스팅 에이전트에 소속된 직원입니다."

"그랬군요. 호, 이제 이해되는군. 그런데 자신 있었어요?"

태진은 채이주를 조심스럽게 쳐다봤다. 어떤 말이 오가는지 알아듣지 못하던 채이주가 계속 궁금하다는 표정으로 쳐다보고 있었다.

"채이주 씨가 MfB 소속이거든요. 그래서 가장 어울리고 잘할 수 있는 역할을 찾을 수 있도록 도와준 겁니다. 채이주 씨라면 잘할 수 있다고 판단했거든요."

필은 의아한 표정으로 태진을 보더니 다시 말을 이었다.

"아니, 내 말은 당신이 채이주 씨 상대역을 함으로써 채이주 씨의 연기를 끌어올릴 수 있다는 확신이 있었냐고 묻는 겁니다."

도대체 무슨 뜻으로 이런 말을 하는지 이해할 수가 없었다. 그러다 보니 잘못 들었다고 생각할 수밖에 없었고, 태진은 최대한 비슷하게 대답을 했다.

"자신은 없었는데 최선을 다했습니다."
"그래요? 하긴 이 정도로 끌어올린 걸 보면 그렇게 말할 수 있죠. 그런데 너무 과신한 건 아닐까 하는 생각도 드는데."

필은 재미있다는 듯 태진을 쳐다보더니 갑자기 채이주를 쳐다봤다.

"이번에는 나하고 호흡을 맞춰 보죠. 태진은 노래 좀 틀어 주고, 채이주 씨를 잘 보세요."

태진은 어리둥절한 표정의 채이주에게 상황을 설명한 뒤 곧바로 Solo를 재생했다. 그러자 갑자기 들리는 노랫소리에 연습실에 남아 있던 사람들의 시선이 이쪽으로 향했다. 그래서인지 갑자기 연기를 하게 된 채이주는 걱정과 동시에 부담감을 느끼고 있었다. 그때, 필이 먼저 연기를 시작했고, 채이주는 일단 마지못해 따라 하기 시작했다.

그런데 그런 채이주가 불과 몇 초 만에 연기에 몰입하고 있었다. 서로 아무런 대화가 없이 각자 연기만 펼치고 있는 중이었는데 그 두 사람을 보는 태진은 입이 벌어질 정도로 놀랐다.

'따라 할 수 없겠는데…….'

필 때문에 놀란 것이 아니었다. 채이주 때문이었다. 자신과 연습할 때는 아주 일부분에서 그런 생각이 들었던 반면, 지금 채이주는 처음부터 끝까지 따라 한다고 해도 흉내 낼 수 없을 만한 그런 연기를 하고 있었다.

*　　　*　　　*

처음부터 끝까지 태진이 흉내 낼 수 없는 연기를 펼친 채이주의 얼굴이 잔뜩 상기되었다. 스스로도 자신이 다시는 하지 못할 연기를 펼친 걸 느낀 모양이었다. 상대역을 한 필 역시도 자신의 예상을 뛰어넘었는지 약간 놀란 표정을 지었다.

"오, 예상은 했는데 정말 이럴 줄은 몰랐네."

필은 채이주를 이리저리 보더니 다시 태진을 쳐다봤다.

"MfB에서 에이전트를 제대로 뽑긴 했네. 나도 한참이나 보고서 알았는데 어떻게 알았어요?"

채이주의 연기에 놀라 있던 태진은 필의 질문에 갑자기 채이주가 그동안 했던 연기가 차례대로 떠올랐다.

'아!'

채이주와 호흡을 맞췄던 상대들, 그리고 어제 자신과 함께 연습을 했을 때까지 여러 상황이 겹치며 왜 예전 채이주의 연기가 이상했는지 알 것 같았다. 태진이 채이주를 평가할 때도 연기력 기복이 심한 배우라고 생각했는데 그것이 아니었다.

"상대역에 따라서 달라지는 연기."
"그렇죠."
"처음에는 심사 위원이라길래 어떤 연기를 펼치는지 보려고 했죠. 그런데 너무 못하더군요. 어떻게 심사 위원이 된 건가 싶을 정도로! 그런데 또 어떨 때 보면 꽤 괜찮은 연기를 해요. 처음에는 그런 경험이 있어서 자연스럽게 나오는가 했는데 그게 아니더라고요. 분석해 보니까 몇몇 배우들하고 호흡을 맞출 때만 자연스러운 연기가 나오더군요. 그럴 땐 상대역들이 그렇게 나쁜 연기를 하는 배우 같아 보이진 않았습니다."

채이주는 아직까지 상기된 표정을 한 채 두 사람만 번갈아 쳐다보고 있었고, 태진은 그런 채이주를 신기하듯 쳐다봤다.

"왜요? 뭐라고 그러는 거예요?"
"아, 채이주 씨 연기 잘한다고요. 자세한 건 얘기하고 말씀드릴게요."

"그렇죠? 이번에 한 연기 정말 마음에 들었어요. 아! 어제 태진 씨하고 할 때도 좋았어요!"

그 와중에도 자신을 신경 쓰는 모습에 태진은 속으로 가볍게 웃고는 채이주가 발 연기라고 들었던 드라마에서 상대역들을 떠올렸다.

'하나같이 이름 있지만 연기가 처음인 아이돌들이었네.'

너무 뛰어난 외모 때문인지 상대역들도 하나같이 잘생긴 아이돌 출신들이었다. 지금 채이주의 모습을 보면 상대역에 따라서 자신의 연기력이 달라지는데 처음 연기하는 아이돌 출신들이 제대로 된 연기를 할 리가 없었다. 그러다 보니 채이주도 덩달아 발 연기 소리를 들어야 했다.

'이것도 나름대로 문제네.'

어찌 됐든 대중들이 보기에는 기복이 심한 배우라고 인식할 것이다. 게다가 항상 연기력이 좋은 배우들과 연기를 할 수만은 없는 일이었다. 드라마나 영화를 촬영하다 보면 단역배우와 마주칠 일도 많을 텐데 그럴 때마다 이상한 연기를 보여 줄 순 없었다. 그때, 필이 웃으며 입을 열었다.

"아까 그 오디션 보는 사람들로는 제대로 된 연기가 안 나올 걸 알고 태진이 도움을 준 거죠."

몰랐다고 말을 할 필요는 없었기에 태진은 그저 고개를 끄덕거렸다. 그러자 필이 그럴 줄 알았다며 손바닥을 한 번 치더니 말을 이었다.

"역시. 알고 있었어. 에이전트면 당연히 알아야지. 역시 듣던 대로 제대로 됐네. 한국에서는 소속사에 속하면 케어를 다 해 준다고 들었는데 전에 있던 소속사에서는 채이주 씨에 관해서 관심이 없었나 보군요."

누구한테 뭘 들었는지 모르겠지만, 스스로 착각해서 하는 말이라도 자신을 포함해 회사를 칭찬하는데 기분이 썩 괜찮았다.

"사실 내가 한국에 와 달라는 요청을 계속 거절했던 건 들었나요?"
"아니요. 그때는 제가 다른 팀이었어서요."
"음, 그랬군요. 아무튼 계속 거절했어요. 사실 이유는 변해 가는 영화판이 마음에 들지 않았거든요. 하나하나 계획된 연기보다 그저 유명한 배우들을 데려다 놓고 그들의 인기를 이용해서 영화를 흥행시키려는 그런 썩어 빠진 마인드! 전부 그래요, 전부. 연기력보다는 어떻게든 인기 있는 배우! 즉흥연기도 전부 계산해서 해야 되는데 그저 웃기면 그만."

약간 흥분한 듯 목소리가 높아졌다. 태진은 그가 왜 자신에게 이런 얘기를 하는 건지 이해할 수가 없었다. 그때, 필의 말이 이 어졌다.

"전 세계 트렌드가 그런데 한국이라고 다를 게 없다고 생각했거든요. 그래서 계속 거절하던 참이었는데 오랜 친구가 제 얘기를 듣더니 한마디 하더라고요."

필은 연기를 하듯 한 손을 태진의 어깨에 올렸다.

"꿈을 꾸는 이상 기회는 항상 곁에 있는 거야. 한국으로 가는 게 기회일 수도 있을걸. 네가 원하는 대로 가르칠 수 있을지 누가 알아."

태진은 순간 깜짝 놀라 자신도 모르게 얼굴을 쓰다듬었다. 다른 팀에 있을 당시 전화를 받았던 적이 있었다. 물론 대사를 그대로 읊었을 뿐이지만 저 말을 누군가에게 해 준 적이 있었다.

"빌 러셀?"
"어? 어떻게 알았어요? 따라 하려고 한 건 맞는데."
"아… 느낌이."
"그렇죠. 배우들마다 느낌이 있죠."

빌 러셀에게 연기를 지도하던 사람이니 당연히 친분이 있을 것이다. 태진은 자신이 했던 말이 다시 자신에게까지 들려올 줄은 생각도 못 했다.

"아무튼 그래서 오기로 했죠. 그런데 알고 보니까 그 녀석도 한국에 일이 있어서 같이 있으면 좋을 것 같아서 그딴 말을 한 거였더라고요. 속은 내가 바보지."

"아……."

"그런데 오늘 보니까 마음에 들었어요. 태진 덕분에. 내가 추구하는 건 연기의 디테일인데 태진은 그 디테일을 이해해 줄 수 있는 사람 같더군요. 아까 저기 앉아서 연기할 때도 원래 대사가 있는 거죠? 채이주 씨가 대사를 할 때 손을 들어 입을 막고 전화를 받는 시늉을 한다든가. 그런 계산된 디테일. 연습을 통해서 나오는 연기력. 딱 내가 추구하는 스타일이죠."

연습을 많이 하긴 했지만, 딱히 계산하고 한 행동은 아니었다. 그저 채이주의 상대역으로 나왔던 오세진을 흉내 냈을 뿐이었다. 하긴 바람난 남자 친구 역을 카메오로 출연하긴 했지만, 연기력은 인정받는 배우였다.

"당신 같은 사람이 있는 곳이라면 내가 어떻게 가르치는지 이해를 할 수 있을 것 같아서 굉장히 기분이 좋습니다. 거기다가 앞으로 변해 갈 사람들의 모습까지."

필은 참가자들을 시작으로 채이주까지 쭉 훑어봤다. 그러다가 갑자기 생각났다는 듯 갑자기 참가자들을 쳐다봤다.

"저기 저 사람은 당연히 태진이 뽑았겠죠?"
"네? 누구, 아! 최정만 씨요."
"그 이름이었던 거 같군요. 오디션 영상 봤을 때도 디테일이 마음에 들었는데 오늘은 그때보다 디테일도 살아 있고 연기도 더 발전한 느낌이던데."

필은 최정만을 가리키고 있었다. 추천을 한 건 맞지만, 최종적으로 결정을 한 건 채이주였다. 그리고 대화에서 자신이 중심에 있는 것이 부담스러웠기에 채이주를 가리켰다.

"채이주 씨가 뽑으신 거예요."
"그래요? 오."

필은 놀랍다는 듯 채이주를 쳐다봤고, 대화마다 양쪽에서 시선을 받던 채이주는 어색하게 웃을 뿐이었다.

"뭐라고 하는 거예요? 왜 자꾸 날 쳐다보면서 '오' 그래요?"
"채이주 씨 연기 좋다네요."
"아! 뻥 치지 말고요. 오래 대화해 놓고 계속 그 얘기 했을 리가 없잖아요. 누굴 바보로 아나."
"그런 비슷한 얘기 했어요. 디테일한 연기를 가르치고 싶은데 채이주 씨의 연기를 보니까 그럴 수 있을 거 같아서 기쁘다는 그런 애기였어요."

"정말이에요?"

"네."

"휴. 물어본 내가 바보지. 포커페이스라서 떠볼 수도 없고! 아무튼 나쁘다는 애기는 없었죠?"

"네."

자신을 칭찬했다는 말을 하기는 민망했다. 게다가 자신은 배우가 아닌 에이전트였기에 배우 앞에서 연기로 칭찬을 받았다고 말한다면 채이주의 자존심이 상할 것 같았기에 자신에 대한 애기는 빼 버렸다.

"그런데 디테일한 연기는 어떻게 가르친다는 건데요?"

"그건 아직 못 들었어요. 이제 가르치실 것 같으니까 그때 들어 보시면 될 거 같아요."

"아… 영어 공부 좀 할걸… 괜히 민망하네. 아니지, 여기 한국이니까 한국말 하는 게 당연하지!"

태진은 속으로 웃어 버렸다. 아까 엄청난 연기를 뽐낸 덕분에 아직까지도 잔뜩 상기된 상태였다. 평소와 다르게 붕 떠 있는 모습이었는데 오히려 편안해 보여서 보기 좋았다. 아무래도 잠깐 도와주고 올라가는 게 좋을 것 같다는 생각에 통역을 해 주려 할 때, 태진의 전화가 울렸다.

"잠시만요. 네, 팀장님."

―지금 바로 라온으로 가세요. 어딘지 알죠?

"지금요? 저 혼자요?"

―네, 라온 가는 건 혼자 갈 수 있죠?

"갈 수는 있는데… 무슨 일로 가는지."

―Solo 때문에 물어볼 게 있다고 그러니까 가서 들어 보세요. 지금 바로 출발하시고 끝나면 전화 주세요.

태진은 무슨 이유로 자신을 찾는 건지 쉽게 감이 잡히지 않았다. 은수의 목소리를 흉내 내서 부른 것이었기에 녹음하는 데 문제가 될 리도 없었다. 그래도 곽이정의 명령이니 안 갈 수가 없었다.

"전 일이 있어서 가 봐야 할 거 같아요."

"지금요? 여기서 저 좀 도와주면 안 돼요? 우리 같은 팀이잖아요."

사실 태진도 남고 싶었다. 필이 어떻게 참가자들을 가르치는지도 궁금했다. 그리고 무엇보다 채이주가 어떻게 변할지 옆에서 지켜보고 싶었다.

* * *

라온 스튜디오에 도착한 태진은 스튜디오에 모여 있는 사람들 때문에 당황스러웠다. 한두 명이 아니었다. 그렇게 크지 않은 스튜디오가 TV에서 보던 사람들로 꽉 차 있었다. 그때, 녹음을 위해서인지 '라이브 액팅'의 이번 미션 때문에 팀에 합류한 작곡가도 보였다.

"어! 태진 씨, 태진 씨 맞죠?"
"아, 네. 맞습니다."
"어서 와요."

안면이 있는 작곡가의 인사를 시작으로 차례대로 가벼운 인사를 했다. 그러자 스튜디오 주인인 강유가 옆에 있던 사람들에게 말했다.

"너희들 자리 좀 비켜 드려라. 의자 저기 있으니까 가져다 앉아."

아이돌 그룹 다즐링의 여섯 멤버 모두가 모여 있었다. 거기에 라온 소속의 매니저까지 있다 보니 사람이 너무나도 많았다. 그때, 이강유의 옆에 있던 여자가 갑자기 태진에게 손을 내밀었다. 분명히 처음 보는 얼굴인데 엄청 반겨 주는 모습에 태진은 얼떨떨한 채 악수를 했다.

"제 노래 추천해 줬다고 들었어요. 너무 고마워요."
"아……!"

태진은 그제야 악수를 하고 있는 여자가 한겨울이라는 걸 알아챘다. 인터넷에도 한겨울에 대한 정보라고는 싱글 앨범 재킷에 있는 작은 사진뿐이었기에 누구라도 못 알아볼 것이었다.

"정말 고마워요. 어떻게 제 노래를 알고 있었어요? 아는 사람 엄청 드문데."

TV며 Y튜브며 하도 많이 보다 보니까 모르는 게 있을 리가 없었다. 과장을 조금 한다면 Y튜브에 올라온 영상 중 조회수가 1인 영상들은 태진이 올려 놓은 것이었다.

"노래가 좋아서요. 곡 사용하도록 허락해 주셔서 감사해요."
"내가 더 고맙죠. 덕분에 다시 음원 사이트에도 올라갈 수 있게 됐는걸요."

감사 인사가 오가는 자리가 익숙지 않아서 편하지만은 않았다. 게다가 연예인들과 함께 있는 자리인데도 모든 관심이 자신에게 향해 있었다.

'오늘… 이상하네……'

채이주와 있을 때도 자신이 중심이었는데 지금도 그랬다. 아니, 지금은 아까보다 더 심했다. 다즐링의 멤버들이 자신을 뚫어

저라 보고 있었다. 그때, 태진이 흉내를 낸 은수가 어째서인지 굉장히 멋쩍어하며 인사를 했다.

"안녕하세요."
"아, 네. 안녕하세요."
"팬이라고 들었어요. 감사합니다. 녹음하신 거 듣고 정말 깜짝 놀랐어요."

딱히 팬이어서 흉내 낸 게 아니었는데 졸지에 은수의 팬이 되어 버렸다. 점점 더 자리가 불편해지고 있었다. 그때, 멋쩍어하던 은수가 주변 눈치를 보더니 민망해하는 표정으로 변했다.

"저, 그런데 제 음역대에는 안 맞는 거 같아서요……."

은수가 민망해하자 강유가 대신 나섰다.

"곡이 생각보다 높아요. 겨울이야 자기 곡이니까 금방 했는데 은수가 메인 보컬이 아니라서 조금 힘들어하네요. 음역대를 조금 낮춰 봤는데 그럼 또 태진 씨가 했을 때의 느낌이 안 살더라고요. 그래서 다즐링 멤버들이 더블링으로 도와 주는 형식으로 녹음했어요."

그걸 왜 신입 사원한테 얘기를 하는 건지 이해가 되지 않았다. 곽이정도 있었고, 지금 이 자리에는 편곡을 담당한 작곡가도 있었다. 그때, 작곡가가 웃으며 말했다.

"곽이정 팀장님이 내 결정에 맡긴다고 하긴 했는데 조금 느낌이 달라져서요. 원래 부른 사람 의견이 궁금해서 이쪽으로 와 달라고 부탁드렸어요."

엄연히 원곡자인 한겨울이 옆에 있는데 원래 부른 사람이 되어 버렸다. 그래도 태진은 궁금한 마음에 조심스럽게 입을 열었다.

"먼저 들어 볼 수 있을까요?"

제3장

—

디즐링

 태진의 부탁에 강유가 한겨울과 은수에게 손짓을 했다. 그러자 한겨울이 먼저 녹음실로 들어갔고, 은수는 태진의 옆에 자리를 잡았다.

"그냥 녹음된 거 들어 보자고 한 말이었는데요."
"그래도 직접 들어 보셔야죠. 겨울아, 바로 시작할게."

 토크백으로 들리는 말에 녹음실 부스 안의 한겨울이 엄지를 들어 올리며 신호를 보내자 바로 음악이 나왔다. 자신의 곡인 데다가 태진이 고르고 고른 곡인 만큼 부르는 실력은 뛰어났다. 게다가 감정도 조금 변했다. 그동안 많은 경험이 쌓였는지 오히려 예전보다 더 쓸쓸함이 묻어 나왔다.

'와, 못 따라 하겠네.'

원래 여성의 목소리만큼은 흉내 내지 못했지만, 한겨울이 남자였다고 하더라도 안 될 것 같은 가창력이었다.

"겨울이 수고했어. 은수 긴장 풀고! 편하게 불러."

은수는 멋쩍게 웃고는 한겨울과 교체했다. 태진은 은수를 신기하게 쳐다봤다. TV에서 볼 때는 굉장히 밝은 느낌이었다. 그룹을 만드는 오디션 프로그램 출신이었기에 어느 정도 성격이 보였다. 그런데 지금은 정말 연예인을 할 수 있을까 싶을 정도로 소심하게 보였다. 그때, 강유가 뒤에 있던 다즐링 멤버들을 보며 한숨을 뱉었다.

"너희들이 장난쳐서 애가 아직도 저러잖아!"

"그냥 농담한 건데……."

"가창력에 민감한 애한테 그걸로 농담하면 농담이 되겠어? 은수한테 춤으로 농담할 때 은수가 저런 적 있어? 그건 농담이란 걸 아니까 넘어가지."

"죄송해요."

"나한테 죄송할 게 뭐 있어. 은수 기분이나 잘 풀어 줘."

"그래야죠……."

강유는 고개를 돌리고는 다시 부스를 보는 상태로 태진에게
말했다.

"태진 씨가 부른 거 듣고 애들이 장난쳤거든요. 그런데 자기도
잘 안 돼서 답답하니까 장난으로 못 받아들이더라고요. 자식이
은근히 예민해서."
"뭐라고 장난을 쳤길래요?"
"이 정도면 은수가 태진 씨 따라 한 거 아니냐고요. 그래서 내
가 그 정도는 아니라고 했는데도 마음이 안 풀리나 봐요."

태진은 고개를 갸웃거렸다. 그저 은수가 부른다면 이렇게 될
거라고 생각하고 부른 건데 안 된다는 게 말이 안 됐다. 그때,
은수가 준비가 됐다는 듯 헤드폰을 가볍게 두드렸다. 그러고는
곧바로 노래가 나왔고, 은수의 목소리가 들려왔다.

'뭐야, 엄청 잘하는구만.'

두통이 있었을 때 불렀을 때와 거의 흡사했고, 딱 상상했던
그대로였다. 중간중간 목을 긁는 거처럼 들리는 쇳소리가 마음
을 긁는 것같이 들려왔다. 한겨울의 목소리에 이어질 남자 가수
를 찾다가 고른 사람이 은수였는데 너무 잘 맞아떨어지는 것 같
았다. 그때, 하이라이트인 코러스 부분이 시작되었다.

[혼자인 것만 같아. 지쳐만 가.]

"괜찮으니까 계속해."

은수가 멈추려 하자 이강유가 손을 돌리며 계속하라고 지시했다. 그러자 은수는 마지못해 노래를 이어 나갔다.

'완전 다른데.'

앞부분은 따라 할 수 없을 것 같을 정도로 잘 불렀는데 코러스로 넘어오는 순간 완전히 무너져 버렸다. 마치 은수가 아닌 다른 사람의 목소리처럼 느껴졌다. 잠시 뒤, 노래를 마친 은수가 멋쩍은 표정으로 밖으로 나왔고, 태진은 곧바로 은수에게 질문을 던졌다.

"왜 예전하고 다르게 부르세요?"
"네?"
"US하고요. 예전에 숲 엔터테인먼트에서 연습생들로 오디션 보던 프로그램이 US 맞죠?"
"네, 맞아요."
"그때는 지금 이 곡보다 더 높은 곡도 잘하셨는데 지금은 그때하고 완전 다른 거 같아요. 뒷부분은 앞부분하고 창법 자체도 달라져서 완전히 다른 사람 같아요."
"US도 보셨어요……?"
"그럼요."

안 본 게 없을 정도로 TV를 많이 본 태진이었지만, 은수로서는 진짜 자신의 골수팬이라고 생각하게 만드는 발언이었다. 팬에게 멋진 모습을 보여 주지 못해서인지 은수의 표정에 미안함이 담겨 있었다. 그때, 태진의 말을 듣던 이강유가 대화에 끼어들었다.

"은수 너, 고음 부를 때 예전하고 다른 창법 써?"
"네, 지금도 또 다른 창법으로 다시 배우는 중이에요……."
"왜? 아니, 왜?"

라온이라는 회사가 크다 보니 관리하는 팀이 달랐다. 이강유는 아이돌이 아닌 밴드들과 친했음에도 미리 알지 못한 것을 미안해했다.

"아, 참 그것도 몰랐네. 미안하다. 그런데 왜 바꾸래? 누가 그래?"
"저… 성대결절 때문에요."
"너, 성대결절 왔었어?"
"아니요. 보컬트레이너 선생님이 제가 들이마시는 숨하고 내뱉는 숨이 너무 세서 목이 자주 쉬는 거래요. 가수 생활 오래 하려면 목 관리 해야 된다고 해서 바꿨어요."
"고음만?"
"네, 제이슨하고 저하고 고음 파트라서요. 저음은 바꿀 필요가 없다고 그러셨어요. 그런데 바꾼 창법이 저하고 잘 안 맞아서 그런지 목이 잘 쉬더라고요."

"으잉? 뭔 소리야. 그러니까 바꾼 창법 때문에 결절이 와서 또다시 바꾸는 중이라고? 그럼 보통 원래 창법으로 돌아가잖아."

"제 원래 목소리로 내는 고음이 팀하고도 잘 안 맞는다고 그러기도 했고요. 그래서 전체적으로 밸런스 맞추는 중이에요."

이강유는 의아해하는 표정이었지만, 자신의 담당이 아니다 보니 이렇다 할 얘기를 더 꺼내진 않았다. 하지만 듣고 있던 태진은 자신의 생각과 너무 다른 상황이 너무 이상했다.

"그러니까 팀 색깔에 맞추려고 창법을 바꾼 거고, 그 창법으로 인해서 목이 자주 쉰다는 거죠. 그래서 다시 다른 창법을 배우는 중인 거고요? 전 잘 이해가 안 되는데요."

지금 있는 MfB에 입사한 지 얼마 되지도 않은 데다가 가수가 아닌 배우를 담당하고 있었다. 하지만 가수나 배우나 별반 다르지 않을 것 같아 꺼낸 말이었다.

"잘하던 창법을 왜 바꿔요?"

"팀하고 안 섞인다고 그래서요. 팬들도 그런 말 많이 하거든요."

"그런 말을 하는 사람이 팬이에요? 그건 그냥 악플 같은데."

평소라면 그런가 보다 하고 넘어갔을 일이지만, 지금은 제대로 된 곡이 필요하다 보니 그냥 넘어갈 수가 없었다. 채이주와 참가자들의 연기력을 조금 더 빛나게 해 줄 곡이 필요했다.

"원래 처음에 팀 꾸릴 때 은수 씨 목소리까지 생각하고 꾸린 거 아니었어요? 그런데 지금 와서 이러는 게 이해가 안 돼서요."

태진의 질문에 다즐링 멤버들 전부 어색한 미소를 지었고, 대답은 태진과 대화 중이던 은수가 했다.

"사실 저희가 요즘 인기가 시들하거든요. 예전에는 오디션 발도 있고 그래서 괜찮았는데 저번 싱글도 죽 쓰고 그래서요. 그래서 좀 새로운 모습도 좀 보여 주고 싶고 그래서 창법을 바꾸다 보니까……."

"그래서 창법을 바꾸는 거예요? 원래 목소리 좋아하던 사람들도 많은데요. 원래 목소리로 불러도 결절이 온대요? 바꾼 창법이 문제인 거죠?"

"네? 아, 네."

"전 그게 이해가 잘 안 되서요. 원래 그 목소리를 좋아하는 사람보다 새로운 팬들을 만드는 게 더 중요한 건 아닌 거 같은데. 그리고 무엇보다 제가 이해가 잘 안 되는 건 은수 씨 목소리가 팀하고 안 맞는다는 거예요."

"애들은 미성인데 저 혼자 탁성에다 좀 록 창법이어서……."

"그게 좋던데요. 제 생각에는 은수 씨 문제가 아니라 저번에 냈던 곡이 문제예요. 곡 자체가 별로였어요."

원하는 은수의 목소리를 곡에 담기 위해 시작한 말이었는데 말을 하다 보니 점점 은수가 이해가 되질 않았다. 마치 자신 하나만 희생하면 팀이 살아날 수 있다고 생각하는 모습이 마음에 들지 않았다. 마치 집에 있는 둘째, 태민 같은 느낌에 태진은 자신도 모르게 감정을 이입해서 말했다.

"곡이 확실히 문제였어요."
"회사에서 진짜 힘들게 구해다 주신 곡이에요."
"힘들게 구했다 해도 곡이 문제였다고요. 은수 씨 문제가 아니에요. 그럼 만약에 은수 씨한테 어울리는 곡을 가져오면 다른 멤버들이 모두 창법을 바꿔야 돼요? 아니잖아요."

태진은 갑자기 멤버들을 쭉 쳐다봤다. 그런 시간이 꽤 지속되었을 때, 태진이 갑자기 입을 열었다. 요한이라는 멤버가 마음에 걸리긴 했지만 요한을 제외하면 전체적으로 어울리는 곡이 떠올랐다.

"AL의 '클럽'이라는 노래 불러 봐요. 요한 씨 시작으로 해서 코러스 들어가는 시작을 은수 씨 목소리로 시작하는 거예요."
"클럽이요? 지금 갑자기요?"
"네, 노래는 아시죠?"
"네… 지금 상위권이니까 알긴 아는데……."

태진은 한 명 한 명 파트까지 정해 준 뒤 어서 불러 보라는 듯 쳐다봤다. 갑자기 노래를 부르게 된 다즐링 멤버들이 뚱한 표정으로 강유를 봤고, 태진을 보고 있던 강유도 고개를 끄덕거렸다.

"괜찮을 거 같은데. 한번 불러 봐. 뭐 따로 녹음할 거 없이 MR만 틀어 줄 테니까 여기서 불러 봐."

회사 소속의 프로듀서인 이강유까지 불러 보라고 하자 다즐 링 멤버들은 저마다 가사를 찾아 가며 준비를 했다. 잠시 뒤 강유가 준비한 MR을 틀었고, 시작 전 태진이 급하게 입을 열었다.

"따라 하려고 하지 말고 원래 부르던 대로 불러 보세요."

다들 고개를 끄덕거렸고, MR에 맞춰 다즐링 멤버들의 노래가 시작되었다.

"Shake your head. 정신이 나간 것처럼 흔들어. 네 머릴!"
"Shake your hip. 내 심장이 쿵쾅대게 만들어 봐, 어디 한번!"

자신의 파트를 마친 다즐링 멤버들은 편한 마음으로 다른 멤버들이 부르는 노래를 들었다. 점점 멤버들의 목소리가 쌓여 갔고, 멤버들의 표정도 조금씩 변해 갔다. 자신들이 부를 때는 몰랐는데 옆에서 듣다 보니 마치 자신들의 앨범 수록곡처럼 자연스럽게 들렸다.

특히 처음부터 끝까지 신경 써서 듣던 강유는 볼에 올라오는 소름을 가라앉히기 위해 연신 볼을 쓰다듬었다.

'이 사람 뭐야. 저번에 신입이라고 들었는데.'

다른 그룹의 곡을 커버하는 수준이 아니었다. 다즐링을 위해 만든 곡인데 마치 뺏긴 듯한 분함까지 들었다. 그러는 사이 은수의 파트 차례가 다가왔다.

"나를 봐! 모두가 나를 봐! 따라 할 수 있으면 해 보든가! 워억!"

마지막 부분에서 거칠게 소리를 내는 부분이 있었다. 원곡에서도 꽤나 상남자 같은 분위기를 냈지만, 은수의 원래 목소리로 저 부분을 부르자 짐승이 바로 옆에서 짖는 듯한 거친 느낌이 들었다.

"오……."
"오우."
"……."

멤버 모두가 은수를 봤다. 누가 듣더라도 은수의 파트가 이 곡의 킬링 포인트였다. 누가 저 파트를 불러도 은수만큼 느낌을 살릴 수는 없을 것 같았다. 거기다 전체적으로 불만족스럽지도 않았다. 자신들이 부른 파트도 마음에 들었다.

잠시 뒤, 모든 멤버들의 노래가 끝났다. 그럼에도 여운이 남는지 누구 하나 먼저 말을 꺼내지 못할 때였다.

짝짝짝짝.

"와… 너무 좋다. 원래 이런 노래 별로 안 좋아하는데 이건 너무 좋은데요. 막 신나면서도 듣고 있는 내 자존감까지 올라가는 느낌! 너무 좋아요!"

한겨울의 칭찬에 멤버들은 그제야 서로를 보며 웃었다. 진짜 무대라도 한 사람들처럼 다들 엄청 만족스러운 표정을 지었다. 그 모습을 본 태진은 웃으며 입을 열었다.

"이 곡 말고도 어울리는 곡 몇 곡 더 있어요. 이것만 봐도 다즐링의 문제가 아니라 곡이 문제였던 거죠. 은수 씨 목소리는 문제가 아니에요. 제 생각에 변신이라는 게 완전 다른 목소리를 내는 것만이 새로운 모습이 아니라고 생각해요. 원래의 모습을 유지하면서 다른 모습을 보여 주는 게 더 좋을 것 같거든요. 그러니까 원래의 목소리로 댄스곡이 아닌 발라드를 부르는 것도 변신이라고 볼 수 있겠죠?"

"아… 그렇네요……."

은수는 가슴 벅찬 표정으로 태진을 봤다. 그러더니 갑자기 자리에서 일어나 90도로 인사를 했다.

"감사합니다! 너무 감사해요. 요즘 자존감이 땅바닥까지 내려가고 있었는데… 정말 제 찐 팬을 만나서, 그것도 능력자를 만나서 이제 살 거 같아요. 너무 감사해요!"

완전히 팬이 되어 버린 상황이 우스웠지만, 그보다 자신감을 찾은 은수의 모습에 뭔가 모르게 뿌듯했다.

"그럼 원래 목소리로 다시 불러 볼까요?"

*　　　　*　　　　*

회사로 돌아온 태진은 곧장 회의에 참석해야 했다. 오전에 중단되었던 회의가 아직까지 이어지고 있었고, 캐스팅 팀뿐만이 아니라 매니저 팀과 업무 지원 팀까지 있다 보니 회의하는 사람 수가 꽤 많았다.

"ETV하고 숲 엔터하고 협의 끝났고요. '그여뜨'가 나오는 게 3회차 아니면 4회차가 될 건데 그 시청률 비례해서 1%로 협의 봤습니다."

경력자들이 모인 B팀은 아무런 문제 없이 진행되고 있었다. 음악뿐만이 아니라 의상 및 뮤직비디오 촬영 스케줄 등도 착착 준비되고 있었다. 그렇게 물 흐르듯 진행되던 회의가 A팀 차례가 되자 갑자기 주춤했다.

"A팀 뮤직비디오 담당 박인성 감독님이 걱정이 많은 모양입니다. 아무래도 시간이 없다 보니 다른 시놉을 또 준비하는 게 좋을 것 같다고 연락하셨습니다."

"왜죠?"

"아무래도 참가자들이 시나리오를 구상하다 보니 부족한 부분이 좀 많다고 하더라고요."

"정확히 어떤 부분이요?"

"그런 잔잔한 종류의 뮤비를 찍으려면 연기가 어느 정도 바탕이 되어야 된다고 하더라고요. 그래야 카메라에 담았을 때 그나마 임팩트를 줄 수 있다고."

사실 시나리오가 많이 부족하긴 했다. 하지만 지금 와서 곡을 바꾼다거나 새로운 시나리오를 제작하는 건 오디션 특성상 시간이 부족했기에 힘들었다. 물론 하려면 할 수도 있었겠지만, 지금 모인 사람들은 Solo가 마음에 들었다. 전부 오전에 채이주의 연기를 본 사람들이었기에.

"감독님이 곡 녹음도 아직 안 됐으니까 아예 다른 곡으로 가는 것도 좋을 거 같다고 하시더라고요. 그런데 채이주 씨가 애들 가르치는 거 보면 잘할 거 같기도 해서요. 그리고 필 씨한테 미리 곡이랑 시나리오 정보 다 드린 상태고요."

"그렇죠."

그때, 매니저 팀의 실장이 갑자기 입을 열었다.

"전체적인 분위기는 이대로 가고 임팩트 있는 장면을 생각해 보죠. 그리고 우리 이주 씨 연기를 좀 돋보이게 해 줬으면 하는데. 아까 다들 보셨죠? MfB에 와서 이제 빛을 발하는 거죠."

"연기하는 모습도 카메라에 담겼으니까 그 부분을 잘 써 달라고 얘기를 해 보죠."

"얘기가 아니라 확답을 받아야 됩니다. 꼭 나와야 돼요. 그래야 사람들도 인정하고 악플도 줄어들고 더 나아가서 다음 미션에 참가자들 우리 팀으로 온다고 하죠."

"잘 알겠습니다."

태진은 원하던 방향으로 흘러가는 이 상황이 무척 만족스러웠다. 채이주를 비롯해 회사에도 득이 되는 일이다 보니 뭔가 도움이 된 것 같았다. 항상 남에게 도움만 받던 자신이었는데 이제는 도움이 된다는 사실에 벅차기까지 했다. 알아주는 사람은 아무도 없었지만 마냥 기분이 좋았다. 태진이 기분이 좋다는 걸 표 내려 눈썹을 씰룩거릴 때, 곽이정과 눈이 마주쳤다.

"태진 씨, 어떻게 됐어요?"

"아! 녹음했습니다! 오늘 밤 안으로 마스터링해서 넘겨주신다고 했습니다. 그리고 마스터링 안 된 녹음본은 받았습니다."

"그래요. 그런데 무슨 문제로 태진 씨를 찾은 거죠?"

"은수 씨가 조금 힘들어해서 다른 버전으로 해야 되는지 원버전으로 해야 되는지 들어 보라고 부르셨습니다."

"힘들어해요?"

곽이정은 의아한 표정으로 태진을 봤고, 태진은 평소 표정으로 대답을 했다.

"그런데 하다 보니까 잘하서서 원래 버전으로 녹음했습니다."
"원래 버전이면 태진 씨가 부른 대로?"
"아, 네."

라온에서 있었던 일을 전부 다 얘기하면 스스로 칭찬을 하는 게 될 것 같아 결론만 얘기했다. 그러자 곽이정은 가볍게 웃으며 말했다.

"참 어이가 없군. 뭐 어떻게 불렀는지 그런 얘기 해 주러 간 건 아니고요?"
"그런 건 아니었습니다."
"하긴. 아무튼 수고했어요. 아, 그거 녹음본은 어디로 받았어요?"
"메일하고 CD 다 받았습니다."
"그래요. 그럼 태진 씨가 지금 A팀에 전달해 주세요."

태진은 기쁜 마음에 곧장 일어났다. 회의에서 아무것도 안 하고 있는 것보다 연습실에 내려가는 것이 더 좋았다. 필이 어떻게 가르치는지도 궁금했고.

*　　　　*　　　　*

연습실에 도착한 태진은 입을 다문 채 연습실 구석에 자리 잡았다. 뭔가 격렬하게 연습을 하고 있으리라 예상하고 왔다. 그런데 오자마자 필이 입을 다물라고 시늉하면서 구석 자리를 가리켰기에 용건도 꺼내지 못하고 구석에 있는 중이었다.

'도대체 뭘 하는 거지?'

TV에서 지도자가 나와 연기를 가르칠 때는 연기를 보며 지도자가 발성이나 행동을 고쳐 주었는데 지금은 어째서인지 모두가 바닥에 앉아 눈을 감고 있었다. 노래도 들리지 않아서 고요하기까지 했다. 마치 참선을 하는 것 같은 분위기였다. 그리고 그중에는 채이주도 껴 있었다. 그때, 필이 입을 열었고, 통역사가 곧바로 참가자들에게 전해 주었다.

"눈을 감은 채로 대답하세요. 지금 상대방을 기다리고 있는 중이죠. 주변을 보세요. 왼쪽에는 뭐가 있죠?"
"카운터요."
"그래요. 카운터와 가까이 앉았군요. 그럼 카운터의 직원은 몇 명인가요?"
"네? 두 명? 세 명. 세 명이에요."
"그래요. 직원들은 무엇을 하고 있죠?"
"음… 손님한테 주문을 받고 있어요."

뭘 하는지 도대체 이해가 가지 않았다. 상상을 해 보라는 건 어느 정도 이해가 되겠는데 카운터 직원이 뭘 하고 있는지까지 물어보는 이유에 대해서는 감이 잡히지 않았다. 다른 참가자들 역시 비슷했다. 어떤 참가자는 집이기도 했고, 어떤 참가자는 차 안이기도 했다. 그리고 최정만의 차례가 되었다.

"정만은 지금 어디에 있죠?"
"커피숍이요."
"왼쪽에는 뭐가 보이나요?"
"벽이요."
"오른쪽에는요?"
"창밖으로 보이는 풍경이요."
"높나요?"
"3층이에요."
"그럼 앞에는 뭐가 보이나요?"
"빈 소파와 벽이요."
"그 자리를 일부러 찾아 앉은 건가요?"
"네."

필의 표정이 처음으로 재미있어 하는 표정으로 변했다. 태진도 궁금한 마음에 눈을 감았다. 그리고는 최정만이 말한 대로 상상을 해 보기 시작했다. 주변이 막혀 있다 보니 뭔가 숨어 있는 느낌이 들었다. 그다지 좋은 느낌은 아니었다. 그때, 필의 말이 이어졌다.

"그래서 지금 몇 시죠?"

"8시 20분이요."

"얼마나 기다린 건가요?"

"40분이요."

"7시 40분에 만나기로 한 건가요?"

"아니요. 약속 시간은 8시인데 조금 일찍 왔어요."

"그렇군요. 커피숍에 사람은 많나요?"

"네, 많아요."

"그래서 그 자리에 앉은 건가요?"

"네."

"누가 볼까 봐서요?"

대답을 잘하던 최정만이 마지막 질문에는 대답하지 못했다. 그러자 필이 조금 더 나긋한 목소리로 입을 열었다.

"괜찮아요. 왜 그 자리에 앉은 거죠?"

"오늘은 헤어지자는 말을 할 수도 있을 거 같아서요……."

"사람들한테 보여 주고 싶지 않은 거군요?"

"울지도 모르니까요……."

그 말을 들은 필은 박수까지 치며 환하게 웃었다.

"좋아요. 너무 좋아요. 상황과 배경이 너무 좋군요. 상황 설정에 맞는 배경의 배치가 딱 맞아떨어지네요. 정만의 얘기만 들어도 그 상황과 배경이 그려지네요. 그리고 캐릭터의 성격까지 좋아요. 원래는 자존심이 있는 편이지만, 연인 앞에서는 소심해지는 그런 남자 맞나요?"

"네! 맞아요."

정만의 말을 토대로 상상을 해 보던 태진은 정만을 칭찬하는 소리에 눈을 떴다. 이번 미션에서는 채이주에게 집중을 했지만, 그건 최정만이 잘할 수 있다는 믿음이 있었기에 한 것이었다. 그리고 역시나 최정만은 믿음을 배신하지 않았다. 그래서인지 칭찬은 정만이 받고 있는데 태진이 기분이 좋았다. 하지만 참가자 중한 명인 하영은 최정만이 받는 칭찬이 이해되질 않는 모양이었다.

"지금 정만 오빠가 한 말로 그런 걸 어떻게 알아요? 그냥 느낌 같은데요. 그리고 저도 엄청 디테일하게 배경 상상했는데요."

유명한 연기 지도자라고 해도 하영은 거리낌 없이 자신의 의견을 말했다. 그런 말을 들은 필은 하영을 보며 웃었다.

"하영은 그렇게 생각할 수 있죠. 하지만 내가 정만의 상상을 그려 봤을 때는 연인 앞에서만 소심해지는 것처럼 느껴지더군요. 오늘 헤어지자는 말을 할 거라는 걸 예상하고 있죠. 그런데도 따질 생각도 없이 이별을 통보받으려고 약속 장소에 나와 있어요. 그것도 약속 시간보다 빨리. 그런데 애인이 아닌 다른 사람들에게는 그런 모습을 보여 주기는 싫어요. 기본적으로 자존심이 있는 것처럼 들리더군요."

필의 말을 전해 들은 하영은 물론이고 참가자들 전원이 정만을 쳐다봤다. 그러자 정만은 민망하다는 듯 머리를 긁적이면서도 자신의 상상을 제대로 알아봐 준 게 기뻤는지 미소를 짓고 있었다. 하지만 하영은 쉽게 물러나지 않았다.

"저도 엄청 디테일하게 했는데요."

"그래요?"

"네. 정만 오빠한테만 질문을 많이 하셨잖아요."

"음, 내가 느끼기에는 하영의 상상은 많이 부족해요."

"어떤 부분이요?"

"전부 다. 직원 수만 하더라도 내 질문에 사람들을 떠올리진 않았나요? 그것도 사람 수까지."

"아, 아니에요. 원래 생각하고 있었어요."

"그래요. 그렇다고 하죠. 그런데 왜 카운터 앞이죠? 이유가 있나요? 그것도 사람들이 계속 오고 가는데."

"작은 커피숍이라 카운터 앞이 가장 조용했어요. 남친 집 앞 커피숍이었어요. 한 다섯 테이블밖에 없는 그런 작은 커피숍이요."

"그래요? 가장 조용한 곳이라면 주문하는 사람의 목소리가 들릴 수도 있겠군요. 그런데 그런 작은 커피숍에 카운터 직원이 3명은 너무 많지 않나요?"

하영은 얼굴이 빨개진 채로 한발 물러섰다. 하지만 필은 아직 끝이 아니라는 듯 하영을 보더니 말을 이었다.

"허술해도 너무 허술해요. 연기를 너무 가볍게 생각하면 안 됩니다. 지금 하영은 캐릭터에 전혀 녹아들지 못하고 있어요. 여기 있는 사람들 중 가장 몰입이 안 되고 있습니다. 그렇다는 말은 이번 오디션에서 탈락할 확률이 가장 높다는 뜻이겠고요."

하영은 이번에도 말대꾸를 하고 싶어 하는 듯했다. 하지만 딱히 할 말이 떠오르지 않는지 굉장히 분해하는 표정이었다. 그래서 다들 하영의 눈치를 보느라 분위기가 약간 무거워졌다. 필 역시 그런 분위기를 느꼈는지 분위기 쇄신을 위해 손뼉을 치며 말했다.

"그럼 잠시 휴식할 겸 조금 더 재미있는 걸 해 보죠. 매니저하고 태진도 이리 와서 맞혀 보세요. 거기 카메라 스태프들도 맞혀도 됩니다."

필은 사람들 모두를 불러 모은 뒤 장난스러운 표정을 지었다.

"이제부터 내가 연기를 할 텐데 내 앞에 누가, 어떤 사람이 어떤 기분으로 있는지 한번 맞혀 보세요."

필은 천천히 눈을 감더니 바로 연기를 시작했고, 태진은 필의 얼굴을 뚫어져라 쳐다봤다. 뭔가 입술을 입안으로 모으기도 하고 볼을 깨무는 것처럼 보이기도 했다. 그것만 보면 화가 나 있는 것처럼 보였는데 거기에 목을 뒤로 젖히거나 좌우로 살짝 움직이는 모습이 더해지자 뭔가 억울한 느낌이면서 답답해하는 것처럼 느껴졌다. 거기에다 단 한 번 고개를 끄덕거림으로써 어떤 상황을 연기하는지가 확 느껴졌다.

'TV를 많이 본 보람이 있네.'

태진은 표정을 읽는 것만큼은 자신 있었기에 손을 번쩍 들었다. 그런데 필은 태진이 아닌 뒤쪽을 손으로 가리켰다. 태진이 뒤를 돌아보자 자신만이 아닌 거의 모든 사람이 정답을 알았다는 듯 손을 들고 있었다.

"억울하게 혼나는 사람 역!"
"하하, 내 앞에 있는 사람은요?"
"부모님 아닌가요?"
"그럴 수도 있겠군요."
"아니면 선생님?"

앞에 있는 대상만 다를 뿐 모두가 억울하게 혼나면서도 말하지 못하는 사람이라고 대답했다. 거의 모든 사람이 대답을 하자 필이 웃으며 참가자들을 봤다.

"내가 한 상상을 보는 사람들도 같이 느낄 수 있도록 해 주는 게 연기입니다. 보는 사람마다 다른 해석? 웃기는 소리죠. 시나리오상 다른 해석이 있을 수 있지만, 연기는 내가 짠 대로 내가 연습한 대로 느껴지게 하는 겁니다. 아주 작은 디테일까지 생각하는 연기. 알겠어요?"

모든 사람들에게 말을 하고 있었지만, 시선은 하영을 향해 있었다.

"이제 돌아가면서 문제를 내 볼까요? 잠시 어떤 문제를 낼지 생각할 시간을 주죠."

하영을 제외한 참가자들은 재미있다는 듯 각자 상상을 하기 시작했고, 태진은 참가자들을 천천히 살폈다.

'실력으로 혼내는구나… 그나저나 채이주 씨 표정은 또 왜 저래……'

*   *   *

B팀의 참가자들이 한 명씩 앞으로 나와 문제를 냈고, 연습실 안 모든 사람이 문제를 맞혔다. 필은 촬영 팀까지 가리키며 답을 말하라고 했기에 모든 사람이 문제를 맞히는 중이었다. 한참이나 퀴즈가 계속되었고 어느덧 문제를 내지 않은 사람은 채이주 뿐이었다.

"그럼 채이주 씨도 문제를 내 볼까요?"

태진은 채이주를 가만히 쳐다봤다. 아까부터 혼자 계속 흠칫 놀라기도 하고 엄청 재미있어하는 표정을 짓기도 했다. 엄청 자연스러운 연기였다. 다만 대상이 딱히 떠오르지 않았다.

"그럼 해 볼게요."

앞으로 나온 채이주는 눈을 감고 생각을 정리한 뒤에야 다시 눈을 떴다. 그러고는 고개를 약간 기울이더니 위로 향했다. 아마도 보이지 않는 상대역이 옆에 위치해 있고 채이주보다 키가 많이 큰 사람인 듯싶었다. 그런 채이주가 갑자기 잇몸이 보일 정도로 엄청 환하게 웃었다. 그와 동시에 참가자들이 감탄사를 뱉었다. 연기에 대해서 놀란 게 아니었다. 원래도 외모만큼은 국내에서 손꼽히는 배우였는데 그런 배우가 진심으로 환하게 웃자 다들 따라 웃고 있었다.

옆에 누구랑 뭘 하는지 계속해서 환하게 웃던 채이주가 갑자기 고개를 숙인 채 시무룩해 보이는 척을 했다. 그것도 잠시 장난스럽게 다시 옆을 힐끔거리더니 갑자기 장난스럽게 조르는 연기를 했다. 그러고는 고개를 끄덕거리고는 다시 처음처럼 엄청 환하게 웃었다.

태진은 채이주의 옆에 누가 있길래 저런 연기를 하는 건지 열심히 떠올렸다. 수많은 사람을 넣어서 상상하던 중 그나마 어울리는 사람이 있었다. 그때, 필이 박수부터 보내고는 팀원들에게 말했다.

"그럼 맞혀 볼까요?"
"남친한테 뭐 잘못하고 화 풀려고 애교 부리는 거요!"
"부모님한테 뭐 사 달라고 조르는 거 같은데요!"

대부분 원하는 뭔가를 얻기 위해 애교를 부리는 연기라고 대답했고, 상대역이 애인이라는 대답이 다수였다. 그리고 채이주는 참가자들의 답이 나올 때마다 양손을 흔들며 아니라고 했다. 그러자 필이 질문을 던졌다.

"나도 상대방이 애인으로 생각했는데 아니었습니까?"
"아니에요."
"그래요? 뭔가를 조르는 건 맞나요?"
"네, 그건 맞아요!"
"그럼 부모님? 아니면 친한 사람?"
"아직 친하지는 않은데."

태진도 궁금한 마음에 채이주를 쳐다봤다. 그때, 대답을 하던 채이주가 어째서인지 태진을 보며 멋쩍게 웃었다. 갑자기 보이는 미소에 태진은 손가락으로 자신을 가리켰다. 그 모습을 본 필이 고개를 갸웃거리며 물었다.

"태진?"

"네. 태진 씨를 대상으로 연기했어요. 아직 웃는 걸 한 번도 못 봤거든요. 그래서 차가워 보이는데 알고 보면 엄청 친절하고 부탁이란 부탁은 다 들어주거든요. 그래서 태진 씨 웃는 걸 처음 보고 다시 웃어 보라고 조르는 상황을 상상했어요."

태진이 안면 마비라는 걸 알고 있는 필은 이게 무슨 소리냐는 표정으로 채이주를 봤다. 그러자 채이주가 손으로 얼굴을 훑으며 말을 이었다.

"아까 필 씨도 태진 씨한테 좀 웃어 보라고 그런 거 같아서요."

필은 그제야 채이주가 태진의 상태를 모르고 있다는 걸 알아차리고는 박장대소하며 웃었다. 그러고는 태진을 보더니 그 상황이 이해됐는지 다시 또 소리 내 웃었다. 그러자 안에 있던 사람들도 태진을 쳐다보며 한마디씩 건넸다. 가장 먼저 입을 연 건 촬영 팀이었다.

"아까 상사한테 혼날 때도 저 표정이던데."
"언제?"
"아까 다들 일어서 있는데 혼자 앉아 있었잖아."
"아, 맞다. 크크."

촬영 팀이 농담으로 포문을 열자 참가자들도 곧바로 입을 열었다.

"진짜! 웃는 거 한 번도 못 봤네."

"그러게. 일정 알려 줄 때도 저 표정이고 인사할 때도 저 표정이고!"

"나도! 처음에는 컨셉인 줄 알았는데."

"난 오히려 저 시크한 모습이 좋은데."

한번 태진에 대해서 얘기가 나오자 너 나 할 것 없이 태진에 대해서 얘기하기 시작했다. 그것도 당사자를 앞에 두고. 다들 자신에게 이렇게 관심이 많았나 싶을 정도로 많은 사람들이 태진을 보며 웃었다.

"지금도 자기 얘기 하는데 그대로야! 슈퍼 포커페이스네."

태진은 민망함에 귀가 빨갛게 달아올랐다. 그때, 자신을 보고 있는 채이주와 눈이 마주쳤다. 채이주는 자신 때문에 놀림거리가 되었다고 생각했는지 미안해하는 표정이었다. 그러고는 자신이 해결하겠다는 듯 걱정 말라고 고개를 끄덕이더니 바로 입을 열었다.

"이제 다음 순서로 넘어… 아……."

다음이라고 해도 어차피 남은 순서는 태진이었다. 타이밍이 안 좋았다. 그때, 아직 태진에 대해서 할 말이 남았는지 참가자 중 한 사람이 손가락까지 튕기며 말했다.

"노래 부를 때도 저 표정이었어!"
"그러네! 저러고 Solo 기가 막히게 불렀지."
"맞다! 그래서 우리 완전 꽂혀서 Solo 골랐잖아요!"

순간 미안해하던 표정의 채이주가 갑자기 눈을 끔뻑거렸다. 그러고는 참가자들에게 질문을 했다.

"태진 씨가 Solo 불렀어요?"
"네. 고음도 아무렇지도 않게! 저 표정으로! 완전 은수처럼 잘 불렀어요."
"지금 저희가 연습하는 것도 저분이 부른 거예요."

채이주는 태진을 보고 또다시 눈을 껌뻑거렸다. 그것도 잠시 영상통화 당시 태진이 어떻게 그렇게 연기 방향을 잘 잡아 줬는지 이해가 되었다. 하지만 자신만 모르고 있었던 것이 약간 서운했기에 태진을 보며 입을 내밀었다. 그때, 사람들의 시선을 받던 태진이 갑자기 일어났다.
갑작스러운 행동에 다들 자신들이 놀린 거 때문에 기분이 상했는가 싶어 태진의 눈치를 봤다. 그때, 자리에서 일어난 태진이 연습실 구석으로 가더니 무언가를 들고 왔다.

"이제 제대로 연습하시면 됩니다. 아직 완벽한 완성은 아닌데 제가 부른 거보다 훨씬 듣기 좋을 겁니다."

자신에게 쏠린 관심을 다른 곳으로 돌리게 하기 위한 CD와 USB였다. 하지만 사람들의 관심은 여전히 태진이었다.

"와, 마이페이스 쩐다. 매니저님도 퀴즈 한번 내 보시면 안 돼요?"

하영이 박수를 치며 사람들을 선동했다. 말대꾸할 때도 그렇게 미워 보이진 않았는데 지금은 한 대 쥐어박고 싶었다. 자칫하면 사람들 앞에서 연기를 해야 될 거란 생각에 급하게 입을 열었다.

"저 매니저 팀 아니에요. 캐스팅 에이전트 팀입니다."
"그럼 뭐라고 불러야 돼요? 실장님? 아니면 대리님?"
"아니요. 전 따로 직급이 없습니다. 그냥 이름 부르세요."
"아무튼! 퀴즈 한번 내주시면 안 돼요?"

하영이 다시 한번 선동하자 사람들도 박수를 치며 따라 했다.

"그러자! 크크! 보고 싶어지네!"
"보여 줘! 보여 줘!"
"보여 줘! 보여 줘!"

자신 때문에 벌어진 일이라고 생각한 채이주만 미안해하는 표정이었다. 그때, 필이 나섰다.

"한번 보여 주는 게 어때요? 태진 씨는 연기자가 아니니까 특별하게 어드밴티지를 주죠. 대사까지는 아니더라도 감탄사 정도랑 간단한 제스처 정도는 할 수 있도록."

참가자들은 다시 '보여 줘'를 외치기 시작했고, 태진은 난감하기만 했다. 난감해하는 것이 티가 난다면 사람들이 그만뒀을지도 모르지만, 아무렇지도 않아 보이는 덕에 사람들의 목소리는 더 커졌다. 아무리 봐도 잠깐이라도 해야 될 듯싶었다.

'뭘 하지? 뭘 하지……'

괜히 이상한 걸 했다가는 우스갯거리가 될 수도 있었다. 그러고 싶진 않았기에 태진은 그동안 봤던 TV나 영화를 떠올렸다.

'될 수 있으면 표정 없는 연기… 뭐 할까… 아!'

마음속으로 연기를 정한 태진은 자리에서 일어났다.

"오! 오!"

참가자들의 환호 소리에 약간 떨렸다. 아마 저들은 자신의 표정이 변하는 것과 이상한 연기를 보는 걸로 즐거움을 얻으려는 거겠지만, 그러고 싶은 생각은 없었다. 아까 라온에서도 그랬듯이 동생 태민이 떠올랐다. 비록 안면 마비라는 걸 모르고 있기에 놀리고 있지만, 태민이 본다면 속상해할 것 같았기에 태진은 최선을 다할 생각이었다. 지금 이 순간만큼은 두통이 있길 바랄 만큼.

사람들 앞에선 태진은 앞에 놓인 의자에 앉았다. 그러고는 다리를 꼰 채 한 손은 주머니에, 한 손은 뭔가를 들고 있는 것처럼 손을 이리저리 돌려 가며 살폈다. 그러고는 고개는 움직이지 않고 눈동자만 약간 밑으로 향하더니 갑자기 다리를 풀었다.

"후후."

표정 없이 뱉는 웃음소리에 사람들의 표정이 찡그려졌다. 굉장히 불쾌하고 불편한 느낌이 들었다. 그때, 태진이 아무것도 쥐지 않은 손을 눈앞으로 가져가 쳐다보더니 이내 고개를 끄덕거렸다. 그러고는 자리에서 일어나더니 몇 발자국을 움직였다. 이번에는 고개까지 움직여 아래를 보더니 이내 손을 들어 올렸다. 그렇게 생각한 연기를 끝냈다. 정확히 말하면 준비한 것이 아니라 드라마에서 봤던 한 장면을 흉내 낸 것이었다.

짝짝짝짝.

조용한 연습실에 필의 박수 소리만 들렸다. 태진은 자신이 한 연기도 팀원들이 알아맞힐 수 있을까 궁금한 마음에 사람들을 살폈다. 그런데 몇몇 참가자의 표정이 굉장히 어색했다. 억지로 웃고 있는 느낌이었다. 그때, 필이 웃으며 입을 열었다.

"캐스팅 에이전트답게 자신의 이미지에 어울리는 걸 잘 알고 있군요. 전 좀 놀랐네요. 후, 그럼 맞혀 볼까요?"

"살인자……."

"깡패가 사람 죽이는… 아니! 선생님이 그런 게 아니라 느낌이 그렇다고요……."

사이코패스가 나오는 드라마였고, 무표정으로 사람을 죽이는 장면을 흉내 냈는데 다행히 다들 알아보긴 알아봤다. 다만 다른 사람들이 했을 때와 달리 분위기가 굉장히 가라앉아 버렸다. 다른 사람이 문제를 냈을 때는 모두가 입을 열면서 자신이 한 상상을 떠들어 댔는데 지금은 말을 하는 사람이 없었다. 그러자 필이 웃으며 말했다.

"내가 칼에 찔리는 줄 알았네. 내가 말했죠?"

"네?"

"태진 씨는 표정이 없어도 눈빛으로 다 보인다고."

"아!"

"그걸 참가자들도 느낀 모양이네요. 앞으로 좀 조심해요. 누구 죽일 생각 하지 말고요."

필이 농담처럼 한 말이 태진은 굉장히 기뻤다. 잃어버렸던 표정을 찾은 것 같은 기분이었다. 다만 참가자들은 아까보다 더 인상을 쓰면서 태진을 봤다.

"지금 통역사분이 누구 죽이지 말라고 조심하라고 한 거죠?"

"농담이겠죠."

"그건 아는데… 왜 부정을 안 해? 혹시 진짜 범죄자 아닌가? 예전에 조폭들이 연예계에 많았다고 하잖아요."

"에이… 설마."

졸지에 범죄자가 돼 버린 상황에 태진은 웃음이 나왔다. 그래도 눈빛이 다르다는 걸 알아봐 주는 사람이 생겼다는 것이 더 기뻤기에 범죄자 취급은 흘려 버리는 중이었다. 그때, 필이 태진의 어깨를 두드리며 속삭였다.

"태진 씨 보스한테는 내가 말할 테니까 나 여기 있는 동안 나하고 같이 일합시다."

태진은 마음 같아서는 바로 하겠다는 대답을 하고 싶었지만, 현실은 곽이정에게 보고를 해야 하는 신입 사원일 뿐이었다. 게다가 무슨 생각을 하는지 알 수 없는 곽이정이 허락을 할지 안 할지, 어떤 결정을 내릴지 알 수가 없었다.

그때 마침 태진의 휴대폰이 울렸고, 번호를 확인하니 곽이정이었다. CD를 주고 오라고 했는데 연습실에 너무 오래 있었던 것이 떠오른 태진은 서둘러 전화를 받았다.

"네, 팀장님. 지금 올라가려고 했습니다."

—라온 가서 무슨… 아닙니다. 연습실이죠? 지금 내가 내려가죠.

곽이정은 그동안 항상 차분했던 목소리였는데 지금은 기분이 굉장히 나쁜 것처럼 들리는 목소리였다.

*　　　*　　　*

라온 엔터의 휴게실로 불려 나간 이종락은 갑자기 봉변을 당한 사람처럼 어이가 없다는 표정으로 앞에 있는 사람들을 봤다.

"강유 형?"

라온이 처음부터 지금처럼 큰 기획사는 아니었다. 주로 인디 밴드들이 소속된 작은 소속사로 시작해 지금의 월드 스타 '후'라는 가수로 인해 엄청난 성장을 이뤄 낸 회사였다. 그리고 이종락과 이강유는 회사의 창단 멤버였고, 회사 대표와 이강유는 한때 같은 그룹으로 활동까지 하던 친구 사이였다. 꽤 오랫동안 봐 오면서 이런 무리한 부탁을 한 적은 단 한 번도 없었다. 그러다 보니 부탁을 거절하기가 쉽지 않았다.

"형도 알겠지만, 우리 A&R 팀에서도 많이 신경 쓰고 있어. 그리고 차례도 차례잖아. 이번에 F.I.F 애들 준비하는데 걔네들을 밀어내?"
"밀어내라는 게 아니라니까. 다 알아보고 왔다. 지금 한 달 정도 텀 있잖아."

"준비 중이라니까! 그게 준비 기간이라고요!"

"그러니까 너희도 지금 엄청 바쁘지?"

"그래. 내 말이 그거야. 한 번에 두 팀 활동해 봐. 우리 직원들 죽어나."

"그러니까 하는 말이야. 얘네 곡 선택을 MfB에 맡기는 거야. 우리 가수 해외 진출할 때 MfB하고 같이 하잖아. 지금도 같이 하고 있고. 그럼 너희 A&R 팀도 여유 생기고 괜찮잖아. 그리고 활동도 안 겹치게 최대한 빨리하면 되잖아. 깜짝 앨범!"

"하… 형, 그건 해외 얘기고! 한국은 얘기가 다르지! 아는 사람이 그렇게 말하면 안 되지."

"알아. 나도 알지. 너희들이 열심히 하는 거 알지. 우리 회사에 빤히 A&R 팀이 있는데 다른 회사에 맡기라는 게 서운한 것도 알아. 그런데 내가 보기에는 그 친구만큼 얘네 잘 아는 사람 없어. 그래서 내가 바로 찾아온 거야."

"MfB 직원이라며. 그것도 가수 담당도 아니고 연기자 담당 에이전트라며."

"그래. 그런데 노래도 곧잘 하는 거 보면 원래도 관심이 있었던 모양이더라. 한태진이라고 매사에 진지한 게, 믿음이 가."

종락은 순간 고개를 갸웃거리며 눈을 껌뻑거렸다. 어디서 들어 본 기억이 있는 이름이었다.

"한태진… 한태진… 아! 한태진! 내가 합격시킨 한태진!"

"아는 사람이야?"

"MfB 면접 볼 때 내가 외부 심사 봤잖아. 그때 내가 합격시킨 사람 같아. 그때 뭐라고 그랬더라. 자기가 따라 할 수 있는 사람이 엄청 많다고 그랬는데. 막 성대모사 하고 그러지 않았어?"

"어! 맞아! 자기가 은수 목소리로 가이드 따 주더라고!"

"언제?"

"이번에 MfB에서 은수한테 Solo 듀엣 해 달라고 요청한 거. 그거 네 담당 아니었어?"

"아, 그거? 그거 내 담당은 아니지. 수원에서 담당했나 본데."

"들어 봐."

이강유는 곧바로 태진이 불렀던 노래를 종락에게 들려 주었다. 그러자 종락이 고개를 갸웃거리더니 한쪽에 서 있는 다즐링 멤버들을 쳐다봤다. 그러고는 은수를 보더니 말했다.

"이게 그 사람이 부른 거라고? 후… 저기 은수 씨?"

"네!"

"미안한데 조금만 불러 볼래요?"

은수는 잠시의 머뭇거림도 없이 곧바로 Solo의 일부분을 불렀다. 그 노래를 들은 이종락은 엄청 신기해하는 표정으로 말했다.

"진짜 비슷하네."

"네가 들어도 그렇지?"

"어. 그때 캐스팅 에이전트 부에 지원했었는데 그사이 팀을 옮졌나? 음, 진짜 뭔가 있는 친구였던 건가?"

"왜? 뭔데?"

"1차 서류는 내가 합격시키긴 했거든. 그런데 2차를 실무 면접으로 봤단 말이야. 그런데 그때 플레이스 이창진 실장도 그 친구한테 눈독 들였거든. 그러다가 곽 실장하고 좀 티격태격했어. 형도 이 실장 알지?"

"그 사람은 모르지. 그런데 그 친구 이번에 곽 실장하고 같이 왔던데."

"와! 결국 자기가 데려갔네. 아무튼 예전에 후 뮤비 찍을 때 연기 지도해 준 최정식 알지?"

"최정식은 알지."

"최정식, 유재섭, 또 누구 있냐. 아무튼 연극판에서 데려와서 죄다 성공시킨 매니저 있어. 그 사람도 눈독 들이더라고. 그래서 좀 분위기 안 좋았지."

종락은 신기하다는 표정으로 면접 당시 태진의 자료를 떠올렸다. 제대로 기억나진 않지만, 일부 기억나는 부분이 있었다.

"아! 그때도 재진이 형 평가도 하고 그랬었는데! 그때도 정확하긴 했는데……."

"그래! 그러니까 그 사람한테 맡기자고."

이종락은 일과 상관없이 태진이 대체 어떤 말을 했길래 녹음실 붙박이인 강유가 여기까지 오게 된 건지, 그 점이 궁금해졌다.

"그 친구가 뭘 어떻게 했길래 그래."

"그거 보여 주려고 데려왔어."

강유는 다즐링 멤버들에게 가더니 조용하게 속삭였다.

"이 부장이 깐깐해 보여도 실력만 있으면 인정하는 스타일이야. 알지?"

"네!"

"너희들이 꼭 하고 싶다고 부탁해서 오긴 왔는데 내가 해 줄 수 있는 건 여기까지야. 이제 너희가 하는 거에 달려 있어. 그렇다고 너무 긴장하지 말고. 너희 이런 경험 많잖아."

"후우."

"그래, 숨 고르고 한번 잘해 봐."

강유는 다즐링 멤버들의 등을 토닥거리며 쳐다봤다. 사실 여기에 온 이유는 다즐링 멤버들과 다즐링을 담당하는 매니저의 부탁 때문이었다. 싱글 앨범을 낸 지 그렇게 오래되지 않았기에 다음 차례가 돌아오려면 많이 남아 있었다. 원래라면 그 기간 동안 천천히 앨범 준비를 할 테지만, 녹음실에서 불러 본 노래가 멤버들을 고민하게 만들었다.

라온에는 외부의 작곡가나 회사 내 작곡가에게 곡을 받고 그것을 정리해서 어울리는 팀에 배정하고 관리하는 A&R 팀이 빤히 있었다. 그것도 지금 가요계에서 내로라하는 가수들을 만든 팀이 있는데 그런 팀을 두고 다른 회사에 곡을 정해 달라는 부탁을 하는 건 실례였다. 그럼에도 다즐링 멤버들은 실례를 무릅쓰고 부탁을 할 생각이었고, 우선 강유에게 말을 꺼낸 것이었다. 강유 또한 녹음실에서 들은 노래의 임팩트가 아주 강했기에 요구에 응한 것이고.

멤버들은 의지를 다지듯 서로의 얼굴을 쳐다본 뒤 일렬로 섰다. 그러고는 태진이 정해 주었던 순서대로 노래를 부르기 시작했다.

"Shake your head. 정신이 나간 것처럼 흔들어. 네 머릴!"
"Shake your hip. 내 심장이 쿵쾅대게 만들어 봐, 어디 한번!"

노래를 듣던 이종락은 어이가 없었다. 라온 소속이 아닌 다른 회사 아이돌 그룹의 곡이었다. 그런데 마치 다즐링의 앨범에 수록된 곡처럼 너무 잘 어울렸다. 요한이라는 멤버의 시작은 솔직히 그저 그랬는데 점점 다른 멤버들의 목소리가 쌓일수록 헛웃음이 나왔다. 지금은 춤을 추고 있지 않고 있지만, 저기에 춤까지 더해진다면 강렬함은 배가 될 것 같았다. 그때, 은수가 노래를 불렀고, 박재진은 순간 숨을 크게 들이마셨다.

"나를 봐! 모두가 나를 봐! 따라 할 수 있으면 해 보든가! 워억!"

거칠게 내뱉는 소리가 엄청 매력적이었다. 그래서인지 자신도 따라 해 보고 싶은 생각마저 들었다. 그런 생각이 들었다는 것만으로도 대중에게 굉장한 어필이 될 것이었다.

"이걸 한태진 그 친구가 알려 준 거라고?"

"그렇다니까. 그냥 알려 준 게 아니야. 애들 파트까지 다 정해서 알려 줬어."

"파트 바꿔서도 해 봤어?"

"다 해 봤어. 지금 이게 최고야."

"미리 준비해서 온 건 아니고?"

"아니야. 은수 발성 얘기하다가 갑자기 나온 거야. 곡 고르는 것도 오래 걸린 것도 아니야. 장난 아니지? 완전 애네들 곡 같지? 그러니까 쟤네가 안 오고 배길 수 있냐. 자기들이 불러도 완전 입에 착 붙는데."

"그러네… 혹시 다른 곡도 있어?"

"없어. 그런데 태진 씨가 말하기로 몇 곡 더 어울리는 곡이 있다고 그랬어."

"무슨 곡인데?"

"모르지! 자꾸 묻지만 말고 회사 돈 좀 써라. 너희도 편하고, 애네도 원하는 대로 하고. 좋잖아."

이종락은 생각이 많아지는 표정으로 변했다. 그러자 강유가 어이없다는 듯 종락을 찌르듯 손가락을 내밀었다.

"너, 진짜 그러면 안 돼."

"내가 뭘?"

"너, 지금 외부에서 곡 초이스해 오면 너희 입지 줄어들까 봐 고민하고 있잖아."

"참, 사람을 어떻게 보고. 그런데 그것도 좀 그렇긴 하지. 우리 A&R 팀 능력 없어 보이잖아."

"언제부터 우리 회사 내에서 전부 해결했다고. 너 옛날에 인디 애들 곡 받을 때 어떻게 했어. 지네들이 만든 곡이면 다행이지. 곧 받아 올 땐 막 여기저기 돌고 돌다 온 아무 곡 받아서 할 때도 있고 그랬어."

"그러니까 그때 경험이 밑바탕이 돼서 조심스럽지."

"지금 일도 밑거름이 될 수 있는 거거든?"

종락은 한숨을 크게 뱉더니 갑자기 일어났다. 그러자 강유가 이종락의 팔을 붙잡았다.

"말하다 말고 어디 가!"

"아파! 왜 이렇게 폭력적이야. 아, 참 세게도 잡네."

"갑자기 말하다 말고 가니까 그러지!"

"살살 좀 말해! 그리고 내가 뭐 혼자 간대? 같이 갈 거야."

"어딜!"

"보여 주든가 영상을 찍든가 해야지! 그래야지 우리 팀도 판단을 하지! 내가 부장이라도 내 마음대로 정할 수 있는 게 아니야! 일단 우리 팀에서 보고 결정할 거야."

강유는 그제야 종락의 팔을 놓아 줬다. 그러자 종락이 팔을 주무르더니 입을 열었다.

"난 좋게 봤다고 해도 컬렉션 팀 애들이 싫다고 하면 난 모른다?"

"오케이, 오케이!"

"엄청 자신 있네. 그래서 이 곡 얼마나 연습했어. 이 곡 연습하는 만큼 원래 곡 연습 더 했으면 이렇게 할 수 있었던 거 아니야?"

"연습은 무슨. 아까 태진 씨 왔을 때 한 번 부르고 차에서 지들끼리 몇 번 불러 보고 그랬겠지."

종락은 잡고 있던 문을 놓고선 강유를 쳐다봤다.

"오늘 불러 본 곡이라고?"

"그렇다니까. 그러니까 내가 왔지."

"진짜?"

"진짜라니까! 은수 '라이브 액팅' 노래 때문에 오늘 왔다가 그런 거야. 요한이는 처음 부를 때 가사 몰라서 찾아보고 부르더라."

누가 봐도 최소 며칠은 연습한 느낌이었다. 그 정도로 너무 완벽했고, 곡의 느낌을 제대로 살렸다. 그건 A&R 팀이 봐도 같은 생각일 것이다. 지금도 다른 그룹의 앨범을 준비하고 있느라 정신이 없는데 더 바빠질 것 같은 예감이 들었다.

*　　　　*　　　　*

태진은 연습실 밖에서 곽이정을 기다리며 왜 화가 난 목소리였는지 생각 중이었다.

'내가 무슨 실수했나?'

딱히 생각나는 게 없었다. 오늘 한 일이라고는 회의하고 라온에 간 일 뿐이었다. 라온에서도 정해진 대로 녹음을 하기로 했기에 아무런 문제가 없었다. 그러다 보니 곽이정이 왜 화가 난 건지 떠오르는 게 없었다.

'그냥 오해한 건가?'

그때, 엘리베이터 문이 열리면서 곽이정이 나타났다. 곽이정의 표정을 본 순간 오해가 아니라는 것을 알았다. 평소 연극을 하는 것처럼 표정을 숨기던 곽이정이 상당히 화가 난 표정으로 걸어왔다.

"태진 씨, 라온에 가서 무슨 일 있었죠?"
"라온에서요?"

라온에서 딱히 안 좋은 일이 있었던 건 아니었다. 라온에서 무슨 얘기를 들었는지는 몰라도 화기애애한 분위기로 잘 마무리되었기에 무슨 대답을 해야 할지 몰라 입을 다물고 있었다. 그러자 곽이정이 답답한지 한숨을 뱉었다.

"라온 가서 무슨 대화했는지 하나도 빠짐없이 얘기해 봐요. 하나도 빼지 말고!"

"그게… 노래가 조금 달라져서 그 부분을 원래대로 해 줬으면 한다고 그랬거든요. 그런데 회사에서 배운 대로 한 발성으로는 원래대로 안 된다고 해서 원래 발성대로 부르는 게 좋을 거 같다고 했습니다. 그거 말고는……."

신입 직원이 가수한테 괜한 지적을 해서 기분이 나빴던 건가 생각할 때, 곽이정이 어이없다는 듯 입을 열었다.

"그게 다라고요?"

"네."

"그런데 라온에서 태진 씨를 지목해서 곡 초이스 작업을 의뢰했죠? 그것도 아직 가수 파트도 없는 우리 회사에! 그것도 왜 한국 MfB가 아닌 미국 MfB 본사에서! 게다가 내가 아닌 2팀장한테!"

"네?"

"나한테 왜 숨기는 겁니까! 다 듣고 왔는데!"

도대체 뭘 듣고 왔다는 건지, 무슨 의뢰를 했다는 건지, 지금 상황이 도통 이해가 되질 않았다.

제4장
—

고민

곽이정의 목소리는 평소보다 톤이 올라가 있었다.

"다즐링! 다즐링한테 추천했던 Club 같은 곡을 원한다고 그러는데! 왜 시치미를 떼요!"

"아……."

태진은 그제야 왜 자신에게 곡 선택 의뢰를 한 건지 약간은 이해되었다. 그저 어울리는 곡을 추천해 줬을 뿐인데 이렇게까지 일이 커질 줄은 몰랐다. 하지만 미국 MfB에서 요청해 왔다고 하니 뭔가 인정을 받은 것 같은 기분이 들었다. 그러다 보니 곽이정이 화를 내는 게 이해되지 않았다. 회사 입장으로 봐도 일을 구해 온 것이니 좋아해야 될 일이었다.

'뭐지⋯⋯?'

태진은 지금 상황이 쉽게 이해가 되지 않았기에 섣불리 입을 열지 않았다. 그러자 곽이정이 답답한지 숨을 크게 뱉었다.

"태진 씨, 지금 내 팀 아닙니까?"
"맞습니다."
"그런데 왜 내가 이런 얘기를 다른 사람을 통해서 들어야 하는 거죠?"
"저도 몰랐던 얘기라서요."
"그래요? 그랬다고 치죠. 그럼 앞으로는 어떻게 할 겁니까!"

처음에 2팀장이 자신에게 태진을 찾을 때까지만 하더라도 그저 태진을 좋게 봐 친분을 유지하려고 그러는 줄 알았다. 그런데 알고 보니 해외 업무를 전담하는 2팀에 MfB 본사에서 직접 업무 요청을 해 온 상태라는 것을 알게 되었다. 그것도 태진에게.

미국 MfB에서 태진을 알 리가 없기에 의아하던 참에 의뢰를 요청한 곳이 라온이라는 것을 알게 되었다. 라온이라면 그곳 소속의 월드 스타인 '후'가 미국 MfB와의 협업으로 큰 성공을 거뒀고, 지금도 미국 MfB와 함께 일하고 있는 중이었다. 그러니 확실히 한국보다 미국 MfB에 의뢰를 요청하는 것이 일 처리가 빠를 수 있었다. 물론 미국 MfB에서 한국의 운영에 대해서 참견

하지 않고 있지만, 그렇다고 본사의 요청을 거절하기는 쉽지 않았다.

그러니 요청한 이상 태진이 일을 맡아야 한다는 것이었다. 그렇게 된다면 1팀에서 하고 있던 일을 모두 내려놓고 해외 업무 전담인 2팀으로 가야 한다. 캐스팅 부서의 총괄 책임자로 올라갈 사다리가 하나 빠지게 되는 것이었다. 더군다나 곽이정의 최종 꿈이 미국 MfB로 옮겨 가는 것이었기에 미국 본사로부터 직접 요청을 받은 태진을 시기하는 마음도 있었다.

"지금 태진 씨가 우리 팀에 있으면서 추천한 곡으로 일이 진행되고 있는데 여기서 빠질 생각인가요? 그렇게 무책임한 사람이었던 겁니까?"

"네? 빠지다니요."

"라온에서 최대한 빠른 시간 안에 곡 초이스해 달라고 요청했습니다! 일주일! 그보다 늦으면 없던 일로 한다는데 태진 씨가 우리 팀 업무를 제대로 볼 수 있겠습니까?"

"같이 하면 될 것 같습니다!"

채이주와 정만을 두고서 다른 일을 한다면 일이 제대로 될 것 같지 않았다. 그리고 곡 고르는 게 그렇게 어려운 일도 아니었다. 직접 불러 보고 잘 어울리는 느낌, 편안한 느낌을 고르면 그만이었다. 하지만 곽이정의 생각은 다른 모양이었다.

"지금 일 하면서 라온 일도 같이 한다고요? 보통 유명한 회사의 A&R 팀에서도 노심초사해서 선택하는 일을 혼자서 일주일 만에 하겠다는 겁니까?"

태진으로선 이런 일을 해 본 적이 없기에 꺼낸 말이었다. 곽이정은 어이가 없다는 표정을 지었다. 그러고는 갑자기 뭔가를 생각하는 척을 하고는 평소의 연기하는 것 같은 표정으로 돌아왔다.

"후… 이 일이 그렇게 쉬운 게 아닙니다. 태진 씨가 이쪽 일을 해 본 적 없는 신입이라서 쉽게 생각할 수 있는데 곡 하나가 나오기까지 엄청 많은 사람들의 노력이 들어가는 겁니다."
"아, 네……."
"그런데도 지금 업무와 라온 일을 같이 하겠다는 겁니까?"

곽이정이 무슨 대답을 원하는지도 모르겠고, 태진 스스로도 자신이 어떤 걸 원하는지 알지 못했다. 곡 고르는 일도 재미있을 것 같기도 하지만 지금은 채이주와 정만을 지켜보는 게 조금 더 끌렸다. 또, 로젠 필이 옆에서 도와 달라고 한 데다가 그가 어떻게 가르칠지도 궁금했다.

'못 한다고 거절해도 되는 건가?'

태진이 고민할 때 곽이정이 연기하는 표정으로 한숨을 뱉었다.

"아무래도 지금 하고 있는 업무를 유지하겠다는 의지가 강하군요. 맞습니까?"

"네."

"그래도 본사의 요청을 거절하기 힘든 상황입니다. 그렇다면 방법은 한 가지뿐이군요."

곽이정은 인심을 쓴다는 듯 입맛을 다셨다.

"혼자 두 가지를 병행하기는 힘들 테니 내가 도와주겠습니다. 지금 1팀의 업무는 지금처럼 하되 라온에서 부탁한 일은 나하고 상의하는 형식으로 합시다. 그리고 같이 진행하려면 우리 팀에 남아서 하는 게 좋겠고요. 괜찮나요?"

"네."

딱히 거절할 이유가 없었다. 다만 화를 낼 때는 언제고 갑자기 챙겨 주려는 모습에서 이질감이 느껴졌다. 알면 알수록 거리감이 드는 사람이었다.

'뽑아 준 건 고마운데… 아무래도 수잔이 있는 팀이 좋겠네.'

아무래도 곽이정이 있는 1팀보다는 함께 일하기 편한 수잔이 있는 4팀이 자신과 맞는 것 같았다. 만약 수잔에게 도움을 받는

다면 지금처럼 부담스럽진 않을 것 같았다.

　"그럼 그렇게 하는 걸로 합시다. 그리고 무슨 일이 있으면 항상 나한테 먼저 보고하세요."
　"네… 아!"

　로젠 필이 옆에서 도와 달라고 한 말을 보고해야 되지 않을까 하는 생각이 들었다. 아무래도 미리 얘기를 하는 게 좋을 것 같아서 입을 열려 할 때, 연습실 문이 열리면서 로젠 필이 고개를 내밀었다. 그러고는 곽이정을 보더니 손을 흔들었고, 곽이정은 가볍게 고개를 숙여 인사했다.

　"미스터 곽이 태진의 보스죠?"
　"네, 맞습니다."
　"나 한국에 있는 동안 태진이 내 옆에 있었으면 하는데요."
　"네? 태진 씨 말고 매니저 팀에서 담당할 텐데요."

　필은 태진을 보며 씨익 웃더니 갑자기 자신의 목을 졸랐다.

　"이 살인자가 누구를 또 죽일지 몰라서요."
　"네? 무슨 말씀이신지? 누가 누구를 죽였다는 겁니까?"
　"농담이고요. 영어도 잘하고 미스터 곽에게 연락을 하기도 수월할 것 같아서 그럽니다."
　"그건 저한테 직접 하시면 됩니다."

"잡다한 부탁도 해야 해서 그럽니다."

곽이정은 약간 난감했다. 계속 옆에 붙여 둘 생각이었는데 그럴 수가 없게 되었다. 라온에서의 요청도 본사에서 연락이 온 것이었지만, 로젠 필 역시 자신들이 본사에 부탁해 여기까지 온 사람이었다. 게다가 깐깐하기로 소문난 사람이었다. 태진이 마음에 든 모양인데 다른 사람을 붙여 준다면 기분 나빠할 수 있는 상황이었다. 아무래도 태진이 필을 돕도록 수락해야 될 것 같았다.

"필 씨가 원하시니 그렇게 하죠."

곽이정은 태진을 뚫어져라 쳐다보며 말했다.

"매일 무슨 일이 있었는지 보고하세요. 그리고 라온과의 일은 내가 따로 알려 주겠습니다."

곽이정은 필에게 인사를 하고는 다시 올라가 버렸다. 필이 타이밍이 좋지 않게 등장하긴 했지만, 덕분에 남을 수 있게 되었다. 곽이정의 옆에 있는 것보다 연습실에 있는 것이 마음이 더 편했다.

"혼났습니까?"
"네? 아, 그냥요."

필이 갑자기 태진의 어깨에 팔을 올렸다. 태진보다 많이 작은 키 탓에 어깨동무가 아니라 손바닥만 올려놓은 모양새였다.

"내가 아주 적절한 타이밍에 끼어들었죠?"
"네……."

곽이정에게 연습실에서 있었던 일도 얘기를 해야 하나 고민하던 찰나에 한 등장이었다. 그래서 필이 연습실에서 있던 일을 먼저 얘기하진 않을까 하는 마음에 조마조마했다. 하지만 다행히 그런 일은 없었다.

"태진 씨는 내 옆에 있으면서 열심히 배워야겠어요. 참가자들하고 같이 배워요."

필이 무슨 뜻으로 저런 말을 한 건지 의도를 전혀 이해하지 못했다. 그저 오늘은 예상치 못한 일의 연속이었다.

"그러니까, 연기를 배우라는 게 아니라 표정 없이 살아가는 법. 그런 걸 배우라는 거죠."

필은 갑자기 갑자기 양손을 모았다. 그러고는 왼손 오른손 위치를 엎치락뒤치락거리면서 물었다.

"어? 최근에 본 한국 작품들에서 이렇게 했는데. 이게 어떤 손을 위로 올리는 게 맞죠? 이거 규칙이 있다던데?"

"저도 잘 모르는데……."

"아무튼 날 잘 봐요."

공수 인사를 하려는지 공손히 두 손을 모은 채 살짝 고개를 숙였다.

"이거하고!"

필은 또다시 손을 풀더니 고개를 빳빳하게 들고는 태진을 봤다.

"이거하고! 뭐가 혼나는 사람 같아요?"

"아……."

"원래 신입이면 지적당할 일이 많아요. 그럴 때마다 상대방 기분에 맞춰 주는 게 더 빨리 그 자리를 벗어날 수 있겠죠? 실수를 안 했는데도 이렇게 할 필요는 없고! 실수를 했다는 전제하에서 하는 말입니다."

태진은 그저 평소처럼 서 있었을 뿐이었기에 자신이 어떤 자세로 있었는지 생각나지 않았다.

"제가 그렇게 서 있었어요?"

"그럼요. 다리를 조금만 더 기울였으면 아주 주먹질하자는 자세였죠."

"아……."

태진은 평소에 서 있던 대로 자세를 취해 보았다. 하지만 의식해서인지 모든 것이 어색하게 느껴졌다.

'이래서 화를 더 많이 냈었나 보네.'

자세에 대해선 그동안 생각도 못 했던 것이었다. 필 덕분에 어떤 방식으로 사람을 대해야 하는지 약간 감이 잡히는 것 같았다. 다만 깐깐하기로 소문난 필이 왜 이렇게 잘해 주는 건지는 이해되지 않았다. 장애가 있는 자신을 불쌍해서 보는 눈빛은 아니었다. 그동안 받아 온 그런 눈빛들과는 달랐다. 그때, 필이 태진의 시선을 느꼈는지 피식 웃었다.

"동생 같아서! 내 동생도 태진하고 조금 비슷하다고 해야 되나."

어떻게 보면 아무렇지도 않은 말이었다. 하지만 태진에게는 자신과 비슷한 상황을 가진 동생을 둔 필이 갑자기 가깝게 느껴졌다. 필도 태진의 시선을 느꼈는지 손으로 태진의 등을 비비며 연습실 문을 열었다.

"살인자 왔으니까 다시 연습해 봅시다. 죽기 싫으면 똑바로 하세요."

*   *   *

다음 날, 뮤직비디오 촬영 전 감독과의 미팅이 진행되었다. 장소는 감독의 스튜디오였고, 오디션 진행상 중요한 자리이다 보니 태진은 곽이정과 함께 자리하고 있었다. 하지만 스태프다 보니 카메라 밖에 자리를 잡았다.

"좋아요. 좋은데… 하아."

참가자들의 간단한 연기를 본 감독은 좋다면서도 아쉽다는 표정이었다. 그러자 B팀을 이끌고 온 채이주가 참가자들을 대신해 질문을 했다.

"어떤 부분이 부족할까요?"
"부족하진 않아요. 좋긴 좋은데… A팀도 좋긴 좋았는데……."

계속 이런 식이었다. 감독과 사전에 연락을 취했던 캐스팅 팀은 이유를 알고 있었다. 시나리오가 너무 밋밋하다는 얘기를 줄곧 해 왔다. 그 이유를 알고 있던 태진마저도 답답해할 때, 감독이 조심스럽게 질문을 했다.

"MfB에 로젠 필 있죠?"

"네, 우리 팀 연기 가르쳐 주고 계세요."

"이거 보고 로젠 필 씨가 뭐라고 하진 않았죠?"

"시나리오에 대해선 아무런 말씀 없으셨죠. 연기 위주로 가르쳐 주고 계세요."

"그래요… 아, 좋은데 분명 좋긴 한데."

감독이 저러는 이유를 알 것 같았다. 필도 아무런 지적을 안했는데 괜히 자신이 지적했다가 그림이 이상해질 수 있다고 생각한 모양이었다. 이름값에 지레 겁을 먹은 모양이었다. 그때, 채이주가 갑자기 태진을 봤고, 이유를 알고 있던 태진은 입을 살짝 벙긋거렸다.

'시. 나. 리. 오'

태진이라면 알 수 있다고 생각했던 채이주는 태진의 대답이 만족스러웠는지 아주 잠깐 미소를 보였다. 그러고는 감독에게 질문을 했다.

"시나리오가 조금 이상하죠?"

"이상한 건 아닌데… 이주 씨도 그렇게 느껴요?"

"다들 비슷하게 느끼고 있을 거예요."

감독이 조금 편해진 얼굴로 변했다. 그러고는 시나리오가 적힌 종이에 줄을 그어 가며 입을 열었다.

"연기는 괜찮을 거 같아요. 뭐, 이걸 진짜 뮤직비디오로 내놓는다면 크게 문제 될 건 없어 보이는데 문제는 이게 오디션이라는 거죠. 지금 이 시나리오는 결정타가 없어요. 잽만 날리고 있어요. A팀, B팀 둘 다. A팀은 그래도 신나는 분위기에다가 연기가 괜찮아서 그대로 진행할 것 같은데 B팀은 음⋯⋯."

태진은 참가자들의 연기를 떠올렸다. 만약에 하영 대신에 채이주가 연기를 했다면 잽만으로도 상대를 녹다운시킬 수 있었을 것 같았다. 하지만 하영의 연기는 그렇지 못했다. 그렇다 보니 감독의 말에 고개를 끄덕일 수밖에 없었다.

감독의 지적에 참가자들은 딱히 의견이 없는지 서로의 얼굴만 쳐다보며 누구라도 의견을 내놓길 바라는 눈치였다. 그때, 항상 상황을 주도하던 하영이 이번에도 가장 먼저 입을 열었다.

"그러니까 처음에 하자고 했던 '그여뜨' 하자니까."

"하영이 너도 Solo 괜찮다고 했잖아. 그리고 '그여뜨'도 잽만 있다고 그러셨잖아."

"우리가 했으면 다를 수도 있죠!"

"A팀 전부 연기 경력 있는 분들이잖아."

"그래도요! 아무튼 그럼 이제 어떻게 해요? 아예 시나리오를 다시 잡아요? 아니면 내가 준비한 연기로 해 볼까요? 그게 결정타가 될 수도 있잖아요."

대화를 듣던 감독은 혹시 하는 마음에 하영에게 말했다.

"다른 버전이 있었어요? 한번 해 봐요."
"제가 준비한 게 있는데 채이주 선배님이 지금 방향이 좋다고
해서 바꿨어요."
"그래요? 한번 볼까요?"

하영은 누구의 눈치도 보지 않았다. 당돌하고 당차다고 봤던
모습이 이제는 눈살을 찌푸리게 만들었다. 태진은 채이주의 표정
을 살폈다. 아니나 다를까 이번엔 채이주도 기분이 상한 듯 보였
다.

'요즘 인성이 얼마나 중요한데……'

하영은 눈치도 없는지 목을 풀더니 곧바로 연기를 펼쳤다. 원
래 준비하던 대로 미친 듯이 화를 내는 연기를 했고, 그걸 본 감
독은 어이없다는 웃음을 뱉었다.

"이게 시작이라고요?"
"괜찮지 않아요?"
"별로 안 괜찮은데요?"
"네?"
"배운 대로 하세요. 흐름하고 전혀 맞지가 않잖아요. 다른 사

람은 곡의 흐름을 내성적으로 판단하고 그렇게 준비했는데 혼자만 그렇게 튀면 안 돼요."

"사람마다 성격이 같을 순 없잖아요."

말대꾸에 감독은 어이가 없는지 고개를 저었다. 그러고는 채이주를 쳐다보더니 고생한다는 눈빛을 보내고는 입을 열었다.

"채이주 씨가 왜 그렇게 하라고 했을지 생각해 봤어요? Solo라는 곡에 나오는 주인공은 사람들이 불쌍하거나 안타깝게 여기게 만들어야 되는 캐릭터예요. 그리고 그 주인공을 보면서 답답해하면서 화를 내는 건 보는 사람 몫이고요. 답답한 만큼 상대역에게 더 화가 나고요. 그런데 대놓고 막 싸워 봐요. 그럼 싸움 구경밖에 더 돼요? 심지어 저러니까 남자가 저러지 하는 그런 생각이 들게 만들 수도 있잖아요."

감독은 인상까지 쓰면서 하영을 연기를 대놓고 지적했다.

"당신 성격이 저럴 수도 있겠죠. 그런데 이건 당신 성격을 보여 주는 게 아닙니다. 시나리오가 있는 이상 뮤직비디오는 짧은 드라마나 마찬가지입니다."

하영은 한발 물러섰지만, 전혀 이해하고 있는 표정이 아니었다. 마치 자신의 연기를 알아보지 못하는 사람들만 있다고 생각하고 있는 듯 분하다는 표정이었다. 그래서 분위기가 약간은 무거워졌다. 이런 분위기를 유지해선 안 됐기에 채이주가 대화를 이어 나가려 했다.

"그럼 시나리오를 바꾸는 게 좋을까요?"
"바꿔도 곡이 Solo인 이상 임팩트 있는 장면을 기대하긴 힘들죠."
"그럼 어떻게 하는 게 좋을까요?"
"마지막에 반전 있는 그런 게 있으면 좋을 텐데. 감정이입이 확 될 수 있는 그런 거요."
"아!"

채이주는 뭔가가 생각났는지 잠시 정리를 하는 듯 메모를 했다. 그러고는 기대된다는 듯 활짝 웃고는 입을 열었다.

"지금 생각한 건데 마지막에 이런 장면을 추가하면 어떨까요?"
"이게 뭔데요?"
"그러니까 진짜로 상대방이 바람이 나 있는 거예요. 그러니까 앞부분에서 바람난 사람은 동건 씨고, 뒷부분은 선영 씨거든요. 근데 알고 보니까 동건 씨하고 선영 씨가 만나고 있는 거죠. 그래서 원래 연인에게 소홀했던 거고요."
"음……."
"아니면 하영 씨하고 정만 씨가 우연하게 만나면서 새로운 사랑을 암시하는 그런 느낌도 괜찮을 거 같고요."

감독은 구상을 해 보는 듯 손가락을 이리저리 움직였다. 그러고는 뭔가 아쉽다는 표정을 지었다.

"좋긴 한데 앞에 말한 건 조금 꾸준히 답답한 느낌이고 뒤에서 말한 건 '너도 바람났으니까 나도 바람피워야지' 그런 느낌인데요."

"그런가요?"

"그래도 없는 거보단 좋을 것 같네요. 아무래도 사이다 같은 게 가장 좋긴 한데. 알죠? 요즘 시청자들은 고구마 주면 아주 그냥 답답하다고 화내는 거. 그래서 내가 이 곡이 조금 걱정되는 거예요. 그렇다고 억지 사이다를 넣을 수도 없고요."

그 얘기를 듣던 태진은 도움이 될 수 있을까 하는 마음에 그동안 봤던 영화나 드라마를 떠올렸다. 그중에 힌트가 있을 수도 있었다. 한참 생각 중일 때, 옆에 있던 곽이정이 다른 직원과 하는 대화가 들렸다.

"곤란한데. 국현 씨, A팀은 변경 없죠?"

"네, 무난하다고는 하시는데 그래도 일단 신나니까요. 연기들도 꽤 잘해서 보고 있으면 재미있긴 합니다."

"그렇군요. 시나리오 자체는 무난하다는 게 문제군요."

"그런데 B팀도 별로 문제는 없어 보이는데요. 저기 최정만이

가 생각보다 연기를 잘해요. 저희 지금 최정만만 밀면 되니까 이 대로 진행해도 되지 않을까요? 최정만씨가 잘하면 채이주 배우 님 면도 서고요."

　최정만을 뽑은 내용이 기사까지 나왔었기에 최정만을 눈여겨 보는 건 당연했다. 하지만 최정만만 놓고 볼 수는 없었다. 참가 자들이 시나리오를 짜는 게 미션이기는 하나 다른 팀과 차이가 심하게 나면 MfB도 욕을 먹게 되는 것이었다. 고민을 하던 곽이 정은 주변을 한 번 보더니 직원에게 말했다.

　"작가분들한테 답은 왔습니까?"
　"다는 아니고 몇몇 분들한테는 받았습니다. 그게 기본 틀은 유지하면서 임팩트 있는 한 장면 정도 추가하는 거라서 좀 이상 한 내용도 있고 그러던데요."
　"조용히 연락해서 다 받으세요."

　미리 꼼수를 부린 모양이었다. 옆에서 대화를 들은 태진은 순 간 머릿속에 누군가 떠올랐다. 바로 해답을 내놓을 순 없겠지만 자신보다 더 잘할 수 있을 것 같은 사람이었다. 태진은 조용히 밖으로 나왔다. 옆에는 곽이정에게 지시를 받은 국현이 통화 중 이었기에 태진은 조금 떨어진 곳에서 전화를 걸었다.

　"집이야?"
　―어, 형. 이 시간에 어쩐 일이야?

"물어보고 싶은 게 있어서."

—뭔데? 회사 일이야?

"어, 회사 일이라서 어디 얘기하면 절대 안 돼.

전화를 건 상대는 바로 동생 태민이었다. 태민이 유명한 작가
는 아니었지만, 그래도 글을 쓰고 있는 입장이다 보니 혹시나 하
는 마음에 연락을 한 것이었다. 태진은 천천히 B팀의 시나리오
를 설명해 주었다.

—그렇구나. 나한테 좋은 생각이 있긴 하네.

"역시 내 동생!"

—그냥 그 배우들을 죽여 버리는 거야.

"응……?"

—암 걸렸다 하고 죽이는 거지. 그래서 일부러 정을 떼려고 그
런 행동을 했던 거고.

"두 명이나……? 그리고 그렇게 하면 너무 무거워질 거 같은
데… 그리고 연기도 다시 짜야 할 거 같고."

—그래? 음, 아니면 그 바람난 사람들도 똑같이 상대방이 바람
나서 힘들어하는 걸 보여 주는 건 어때. 이에는 이, 눈에는 눈!
사이다 원하면 이게 제일 좋겠네.

"오! 그거 좋은데. 아……."

들은 내용만으로도 재미있을 것 같았다. 다만 저렇게 하려면
배우가 더 필요하다는 게 문제였다. 미션 내용에 참가자들로만

뮤직비디오를 꾸려야 한다는 제한이 붙어 있기 때문이다.

　―태은이한테도 물어볼까?
　"아니야, 괜찮아. 아무튼 고마워."
　―별것도 아닌 걸로 뭐가 고마워. 밥 잘 챙겨 먹으면서 일해.

　약간 기대를 했지만, 별 소득이 없다 보니 스튜디오로 들어가는 발걸음이 무거웠다. 그때, 건물 앞에서 담배를 피우고 있는 국현이 보였다. 얼굴과 이름은 알고 있지만, 딱히 대화를 해 본 기억은 없었다. 그런 국현이 태진을 불렀다.

　"태진 씨, 담배 피워요?"
　"아니요."
　"후, 나도 끊어야 되는데. 스트레스 때문에 끊질 못 하네. 그나저나 팀장님하고 있느라 힘들죠?"
　"아! 아니요. 잘해 주셔서요."
　"그래요? 뭐, 그렇다면 그런 거겠죠. 그런데 어떻게 하면 라온에서 태진 씨를 지목해요?"
　"어? 알고 계셨어요?"
　"어떻게 몰라요. 지금 회사에 소문이 파다한데."

　회사에서 수잔과 마주치기라도 했다면 바로 알았을 테지만, 회사 사람들하고 마주칠 시간이 없다 보니 알 리가 없었다.

"그런데 사람 안 필요해요?"

"네?"

"사람 필요하면 나 어때요! 태진 씨가 저보다 어리지만 형님으로 모실 수도 있습니다! 능력이 왕이죠!"

국현은 장난을 치며 말을 이었다.

"나 여기 있다가 죽을 거 같아서 그래요. 오늘 새벽에 출근해서 A팀 관리하고! 지금은 B팀 관리하고! 왜 내가 지원 팀이냐고요. 그러니까 나 좀 데려가요."

"저 팀장님하고 같이하기로 했는데."

"패스. 형은 무슨. 태진 씨가 형이라고 불러요."

아무래도 곽이정을 싫어하는 모양이었다. 태진은 자신도 모르게 웃음이 나왔다. 그동안 대화를 해 본 적이 없어서 몰랐는데 유쾌한 사람처럼 느껴졌고, 상대방을 편하게 만들어 주는 느낌이었다.

"A팀은 시나리오 그대로 하기로 했다고 들었는데 그럼 B팀만 신경 쓰시면 되는 거 아니에요?"

"그게 더 싫어! 그냥 이제 찍기만 하면 되는 A팀에 남아 있고 싶죠! 팀장님이랑 있으면 일이 끝이 없어요! 지금도 봐요! 갑자기 무슨 작가를 구하라고 하질 않나. 작가님들한테 이런 부탁하는 거 얼마나 민망한데요. 비용 지불하기도 애매하고! 그렇다고 나랑 친분이 있는 것도 아니고!"

친하지도 않은 자신에게 하소연을 하는 걸 보면 답답함이 큰 모양이었다. 그래도 국현은 미소를 머금고 장난처럼 말하는 탓에 부담을 느끼진 않았다. 게다가 묘하게 같은 편인 느낌도 들었다. 곽이정을 싫어하는 건 아니었지만, 마치 드라마에서 보던 상사의 욕을 하며 사원들끼리 친해지는 그런 느낌이었다.

"A팀은 이제 촬영만 하면 되는 거예요?"
"그렇죠. 잘하더라고요. 특히 정광영 씨가 아주 재밌게 잘해요. 코믹 연기!"
"그래요? 1차 때는 정극 연기 하셨었는데."
"짬이 있어서 그런지 잘하더라고요. 특히 휴대폰 뒤집을 때기가 막혀요."

대략적인 시나리오는 알고 있었지만, B팀을 전담으로 맡고 있었기에 A팀의 자세한 내용을 알지 못했다.

"휴대폰을 뒤집어요?"
"크크, 그여뜨가 신나는데 가사 내용 보면 바람피우는 내용이잖아요. 애인 몰래 놀러 가서 바람피우는 거니까 혹시라도 전화 올까 봐 휴대폰 몰래 뒤집어 놓는 신을 넣었거든요. 그리고 시청자한테 비밀 지키라는 것처럼 카메라 보고 윙크를 해요. 처음엔 그냥 장난이었는데 그 장면을 너무 잘 살려서 아예 넣기로 했어요."

어떤 연기를 했길래 이런 칭찬을 하는지 보고 싶었다. 한편으로는 B팀에서 '그여뜨'를 했다면 어땠을지 궁금하기도 했다. 그러던 중 곡 선정 당시 팀원들이 했던 말이 떠올랐다. 그때도 팀원 중 누군가가 '그여뜨'의 가사 내용이 이상하다며 거절했었다.

'그러고 보니 우리 팀도 그렇고 내용이 비슷하네. 분위기는 완전 다른… 아!'

태진의 머릿속에 좋은 아이디어가 스쳐 지나갔다.

"혹시 A팀 시나리오 저도 볼 수 있나요?"
"볼 순 있죠. 그런데 가 봐야 되는 거 아니에요? 팀장님이 찾으실 텐데?"
"궁금해서요."
"잠깐만요. 휴대폰에 정리해 둬서."

국현에게 휴대폰을 건네받은 태진은 천천히 읽어 갔다. 그러던 중 태진은 휴대폰을 톡톡 두드리기 시작했다.

"될 거 같은데."
"그렇죠? A팀은 잘될 거 같죠?"

태진은 굉장히 기뻤는지 눈썹을 씰룩거리며 휴대폰을 건네주었다. 국현은 태진의 표정을 오해했는지 미소를 지으며 말했다.

"괜찮아요. B팀도 잘될 거예요. B팀한테 너무 뭐라고 하지 말고요."

태진은 기쁜 마음에 국현의 오해를 웃어넘겼다. 서둘러 올라가 자신의 생각을 말하고 사람들의 의견을 듣고 싶었다. 그때, 스튜디오 건물 계단에서 곽이정이 통화를 하면서 내려왔다.

곽이정이 통화 중이었기에 일단 올라가서 생각을 정리한 뒤 얘기를 하는 게 낫겠다고 생각한 태진은 가볍게 인사를 하고 스튜디오로 올라가려 했다. 그때, 곽이정이 잠깐 기다리라는 듯 태진에게 손을 흔들었다. 잠시 뒤, 곽이정이 통화를 마쳤다.

"태진 씨, 라온에서 동영상을 하나 올렸는데 반응이 생각보다 좋다고 하는군요."

"Club이요?"

"네. 간단히 반응 좀 보려고 올렸는데 예상보다 더 좋은 모양입니다. 그래서 진행도 더 빨라졌습니다. 8곡을 보냈답니다."

"아, 네."

"언제까지 되겠습니까?"

멤버들을 대입해서 불러 보고 정하면 되는 일이었기에 딱히 기간이 필요한 게 아니었다. 그렇다고 어려울 것 같지 않다고 말하기도 애매했다.

"최대한 빠르게 해 보겠습니다."

"괜찮겠어요?"

"네?"

"시간이요. 지금 바쁜데 시간이 부족할 거 같아 보이는군요. 지금 B팀 시나리오 문제도 해결하려면 시간이 더 필요할 거 같아 보입니다. 참, 국현 씨, 어떻게 됐습니까?"

시나리오를 보냈던 작가들에게 연락했던 국현은 일단 곽이정에게 보고를 했다. 하지만 아직 제대로 된 답변을 받은 것이 없기에 곽이정은 실망하는 표정을 지었다.

"최대한 일정을 미룬다 해도 내일모레부터는 촬영을 해야 될 텐데. 음, 태진 씨는 이만 사무실로 복귀하세요. 아무래도 일정이 길어질 거 같으니까 오전에는 B팀 업무 보고, 오후에는 라온 업무 보세요."

라온보다는 B팀이 더 보고 싶었던 태진은 방금 전 생각한 장면을 얘기하기에 지금이 적당한 타이밍처럼 느껴졌다. 아직 정리가 덜 되긴 했지만, 괜찮은 아이디어라고 생각한 태진은 곽이정을 불렀다.

"팀장님, 제가 생각해 본 게 있는데."

"뭘요?"

"시나리오요. 시나리오에 다른 배우들의 추가적인 출연 없이 임팩트 있는 장면을 넣는 거요."

순간 곽이정의 눈빛이 반짝였다.

"얘기해 봐요."

"A팀도 B팀 곡이 분위기는 달라도 내용은 비슷하잖아요. A팀은 바람피우면서도 순간을 즐거워하는 거고 B팀은 상대방의 변화에 가슴 아파 하는 거고요."

"그래서요?"

"A팀의 도움을 받는 게 어떨까요?"

"어떤 식으로요?"

"참가자 외 출연은 안 돼도 통화나 문자는 되지 않을까요? 마지막쯤에 우리 팀의 선영 씨가……."

"선영 씨면 마음 변한 역할 맞죠?"

"네! 맞아요. 그분이 실제로 다른 사람을 만나고 있는 거예요. 그래서 정만 씨한테 소홀해졌던 거고요. 선영 씨가 정만 씨하고 있으면서 계속 연락했던 사람도 다른 사람이고요."

태진은 곽이정이 어떻게 생각하는지 궁금해 표정을 살폈다. 마음에 들었는지 휴대폰으로 메모까지 하는 모습이었다. 하지만 곽이정은 평소처럼 연기를 하는 듯 가면을 쓴 표정이었다. 태진이 말을 멈추자 곽이정이 계속 얘기해 보라는 듯 손을 들어 올렸다.

"그런데 알고 보니 새로 만나는 사람이 A팀의 참가자인 거예요. 몰래 여행 가서 다른 여자를 만나고 있는 그런 그림이죠. 그러면서 선영 씨도 속상해하는 거예요. 결국 선영 씨도 Solo의 마음을 느낄 수 있게 될 거 같은데요."

"음."

옆에서 대화를 듣던 국현은 놀란 표정으로 엄지를 치켜세워 보였다. 하지만 곽이정은 아직 아무런 반응이 보이지 않았다. 잠시 뒤, 휴대폰으로 메모한 내용을 들여다보던 곽이정이 미소를 지으며 말했다.

"훌륭해요. 정말 좋군요. 약간의 탄산수 느낌도 들 거 같고요. 혼자 생각한 건가요?"

"아! 동생하고 얘기해 보다 이렇게 하면 어떨까 해서요."

"동생분?"

"동생이 작가거든요."

"음, 그래요? 음, 좋아요. 정말 좋은데 중간에도 이런 장면을 추가하면 더 좋지 않을까요?"

칭찬인데도 기분이 묘했다. 항상 그랬듯이 그냥 칭찬으로 끝난 적이 없었다. 그래도 곽이정이 무슨 말을 할지 궁금하긴 했다.

"확실하게 사람들이 알 수 있도록 A팀에도 비슷한 장면을 넣는 거죠. 예를 들면 A팀 광영 씨한테 전화가 오는 신이 있어요. 거기서 전화 오는 장면을 클로즈업해서 누구한테 연락이 왔는지 알 수 있게 하는 거죠. 예를 들면 전화 온 사람 이름하고 사진이 선영 씨가 되는 거겠죠."

"아……."

"시청자들도 처음에는 뭐지 싶다가 마치 이스터 에그를 알아낸 것처럼 좋아할 거 같군요. 그리고 선영 씨가 문자 하는 장면에서도 광영 씨 이름으로 연락이 오는 것도 괜찮겠네요. 회의 중, 이런 식으로. 거기에 광영 씨가 회의 중이라고 문자를 보내는 장면을 추가하면 확실하겠군요. 그럼 A팀, B팀 둘 다 도움이 되겠고요."

A팀과 B팀 모두의 진행 상황을 알고 있었기에 태진의 아이디어에 몇 가지를 추가하는 건 일도 아니었다.

"그럼 우리가 생각해 낸 아이디어를 들려주러 가 볼까요?"

처음에 곽이정을 만났을 당시에는 자신의 아이디어를 좀 더 좋은 방향으로 이끌어 주는 것처럼 느꼈다. 지금도 물론 좀 더 나은 방향을 알려 주긴 했지만, 저 가식적인 표정 때문인지 묘하게 아이디어를 빼앗긴 듯한 느낌이었다. 같이 있는 시간이 늘어갈수록 좋은 느낌을 주는 사람이 아니었다. 마치 드라마에서 가까이하면 안 될 사람을 보는 그런 느낌이었다.

곽이정이 올라가는 뒷모습을 지켜볼 때, 국현이 태진에게 바짝 다가왔다. 그러고는 계단 쪽을 힐끔 쳐다보고선 조용하게 말했다.

"다음부터는 좀 정리해서 말해요. 생각나는 대로 다 뱉으면 남들이 꿀꺽! 하는 거예요."

"네?"

"뭘 네예요! 봐요! 만약에 태진 씨가 포클레인 가지고 땅 다지고 막 자재들 직접 옮겨서 아파트를 지었어요. 그런데 페인트칠 하면서 이름을 곽이정이라고 적었어요. 그럼 사람들이 무슨 아파트라고 봐요."

"팀장님이 그러시진 않잖아요."

"에이! 집 다 지어 놨는데 팀장 놈이, 아니! 님이 페인트칠하고 자기 이름 붙인 거잖아요."

확실히 국현이 곽이정을 싫어하는 게 느껴졌다. 그리고 이 부분은 태진도 비슷하게 느끼고 있었기에 기분이 썩 좋진 않았다.

"팀장님이 좀 그런 게 있어요. 아이디어를 확 뺏어 가진 않는데! 자기 이름이 꼭 같이 들어가게! 팀장님 이름하고 우리 이름하고 같이 있으면 사람들이 누구 칭찬하겠어요."

"아."

"사람이 좀 얍삽하다고 해야 되나. 그래서 나하고 좀 잘 안 맞아요. 어휴."

"그런데 1팀에 계세요?"

"나도 몰랐죠! 다음에 팀 이동할 때 다른 팀으로 가려고요. 다시 4팀으로 가고 싶은데 배신하고 온 기분이라 미안해서 4팀 가긴 좀 그렇고요."

"원래 4팀이셨어요? 수잔 있는 팀?"

"크크. 안 그래도 수잔한테 얘기 들었죠. 아무튼 빨리 올라가요. 또 이상한 말 덧붙이지 못하게!"

국현이 빨리 올라가라는 듯 손을 뻗어 계단을 가르쳤고, 태진은 가볍게 인사를 하고 서둘러 스튜디오로 들어갔다. 그러자 아니나 다를까 곽이정이 사람들과 얘기를 하고 있었고, 얘기를 듣는 B팀 원들은 물론이고 뮤직비디오 감독까지 표정이 밝아 보였다.

"이거 좋은데요? 간단하게 추가할 수 있으면서 찾는 재미도 주고. 역시 팀장님이시네요."

태진은 곽이정이 어떤 대답을 할지 지켜봤다. 그때, 곽이정이 고개를 돌려 태진을 보더니 미소를 지었다.

"제가 낸 아이디어 아닙니다."

"그래요? 그럼 누가 이런 아이디어를 냈어요?"

"저기 있는 태진 씨 아이디어입니다."

그러자 채이주와 B팀원들은 놀랍다는 표정으로 태진을 봤다.

"연기도 잘하더니 이런 것도 잘하시네!"

"살인자의 도움을 받다니……."

"푸흡, 동건 오빠는 왜 그렇게 태진 오빠를 놀려요. 태진 오빠, 감사합니다!"

국현에게 듣던 것과는 달랐다. 예상과 달리 사람들에게 칭찬을 받게 된 태진은 곽이정을 오해한 것이 미안해졌다. 그때, 감독이 시간이 없다는 듯 태진을 보며 입을 열었다.

"제 생각에는 B팀 휴대폰 신에서 직접 휴대폰을 보여 주기보다는 최정만 씨의 시선에서 보는 것처럼 하는 게 좋을 거 같은데 아이디어 제공자 생각은 어떠세요?"

"아, 그건 팀장님이 내신 아이디어예요. 아……."

"네? 방금 팀장님은 태진 씨 아이디어라고 했잖아요. 이거 뭐, 서로 아이디어 냈다고 하시는 거예요?"

태진은 순간 어이가 없었다. 얘기를 하다 보니 어쩔 수 없이 태진의 입에서 곽이정의 이름이 나올 수밖에 없었다. 사람들에게는 그저 곽이정이 부하 직원을 칭찬하는 상사로 각인되는 순간이었다. 아나나 다를까 뮤직비디오 감독은 곧바로 곽이정에게 상의를 하기 시작했다. 그 모습을 본 태진은 헛웃음을 삼켰다.

'대단하네.'

*   *   *

　B팀은 태진의 아이디어를 들은 그 자리에서 내용을 추가하기로 결정했다. 그리고 A팀 역시 자신들에게 도움이 되는 내용이다 보니 마찬가지로 추가 장면을 결정했다. 그리고 아이디어의 제공자는 당연히 곽이정이 되어 버렸다. 다른 누가 곽이정의 이름을 말한 것이 아니라 태진의 입에서 나와서 이렇게 된 것이었다.

　그렇다고 분하거나 화가 나거나 그런 감정은 들지 않았다. 약간 억울하기는 했지만, 참가자들이나 채이주에게 잘된 일이다 보니 넘어갈 수 있었다. 다만 곽이정과는 조금 더 거리감이 생겼다. 라온에서 보낸 노래를 듣고 있는 중에도 여러 생각이 교차되고 있었다.

　"자기 일 하라고 여기 있어 달란 건 아니었는데."
　"아! 뭐 도와 드릴까요?"

　필의 부탁으로 연습실에 자리했지만, 팀원들의 연습을 봐 주는 게 아닌 라온에서 부탁한 일을 하는 중이었다. 그 모습에 필이 웃으며 말을 건넨 것이었다.

　"그냥 한 말입니다. 그런데 태진이 시나리오 추가했다던데?"

"네? 아, 네."

다들 곽이정을 칭찬하고 있는 가운데 제대로 봐 주는 사람도 있었다.

"좋던데요? 두 팀 다 만족하는 경우는 별로 없는데 모두 만족하고 있고. 한 사람 빼고."

필이 가리키는 곳을 보니 하영이 보였다. 모든 참가자들 중 유일하게 불만을 보였던 참가자였다. 선영의 역할만 커진 것에 대한 불만이었다. 그렇다고 역할이 바뀌진 않았다. 필이 하영에게 연기를 해 보라고 했고, 이후 선영의 연기와 비교해 대놓고 연기를 지적했다. 그래서 한발 물러나긴 했지만, 여전히 입이 댓 발이나 나와 있었다.

"아무튼 꽤 좋았어요. 두 팀의 얘기가 마치 하나의 얘기처럼 보이더군요. 그래서 또 한 번 더 놀랐어요. 시나리오에까지 소질이 있을 줄이야."
"아니에요. 그냥 다른 분들이 얘기한 거 이리저리 생각하다 보니까 나온 거예요."
"그게 어려운 거죠."

너무 잘해 주는 느낌에 부담되면서도 남들에게 듣지 못한 칭찬이 기분 좋았다. 오는 게 있으면 가는 게 있어야 했기에 태진은 조용히 필을 띄웠다.

"필 씨가 하셨으면 더 좋은 아이디어를 내셨을 거예요. 아! 그런데 왜 말씀을 안 하셨어요?"
"내가요?"
"네, 연기도 잘하시고 잘 가르치시잖아요."
"하하, 그래요? 그렇게 봐 주면 고맙고요."

필은 기분이 좋은지 미소를 지으며 태진을 쳐다봤다.

"여러 가지 생각은 있긴 하죠. 그런데 난 시나리오를 쓰는 작가도 아니고 저기서 연기를 하는 배우도 아니에요. 난 저 사람들이 하려는 연기를 좀 더 나은 방향으로 갈 수 있게 가르쳐 주는 사람일 뿐이죠."
"하려는 연기가 잘못된 것일 수 있잖아요."
"자기 선택이니까요. 길을 찾는 건 배우의 몫이고, 난 그저 조금 더 그 사람이 표현하려는 걸 디테일하게 할 수 있게 도와주는 것뿐이죠. 내가 길을 그렇게 잘 찾는 편도 아니고요. 하하하. 만약에 길을 잘 찾았다면 내가 가르친 배우들 모두 스타가 돼 있겠죠?"
"빌 러셀도 그렇고, 스타가 많다고 들었어요."
"그건 빌이 잘한 거고요. 아무튼 난 딱 가르치는 것까지가 내 역할이에요. 내가 참견하면 작가도 기분 나쁠 거니까요. 입장 바꿔서 내가 가르치는 걸 옆에서 참견하면 나도 기분이 나쁠 테니까요."

필은 장난스럽게 웃으며 참가자들을 가리켰다. 그러고는 이내 진지한 표정을 짓더니 말을 이었다.

"그게 오랫동안 연기 지도자로 남은 내가 정한 방식이죠. 태진은 에이전트로서 자기만의 규칙이 있나요?"

그 말을 들은 태진은 여러 가지 감정과 생각이 들었다.

＊   ＊   ＊

필이 돌아간 뒤에도 태진은 생각에 빠져 있었다. 캐스팅 에이전트란 직업을 꿈꿔 온 건 아니었다. 그저 몸이 나으면서 사회생활을 해야겠다고 생각했다. 그러던 중 모집 요건이 사고 이후 학교를 다닐 수 없었던 자신도 신청할 수 있게 되어 있었고, 잘할 수 있을 거라는 생각에 캐스팅 에이전트가 된 것이었다. 그렇다 보니 딱히 어떤 에이전트가 되어야 겠다는 생각은 없었다.

'어떤 에이전트가 되어야 할까.'

알고 있는 캐스팅 에이전트라고 해 봤자 MfB 소속 사람들이 전부였다. 그러니 자동적으로 선배들이 떠올랐다. 그중 가장 먼저 떠오른 사람은 곽이정이었다.

'일에 관해서는 배울 게 많은 거 같은데…….'

여전히 곽이정이 어떤 사람인가에 판단이 되지 않았다. 면접에서 자신을 뽑아 준 덕분에 에이전트가 될 수 있게 해 준 사람인 동시에 가면을 쓴 느낌 때문에 묘하게 꺼림칙한 기분을 주는 사람. 지금 태진이 곽이정에게 느끼는 인상이었다.

그렇다고 딱히 닮고 싶은 선배가 있는 것도 아니었다. 아직 수습 기간이기도 했고, 일을 시작한 지 얼마 되지 않아 아직 일이 어떻게 돌아가는지 제대로 겪어 보지 못했다. 그나마 괜찮은 사람은 있었다. 바로 수잔이었다. 하지만 수잔은 롤 모델과는 거리가 있었다.

'어렵다.'

어떤 에이전트가 되겠다는 기준도 아직 잡히질 않았다 보니 필처럼 일에 있어 자신만의 선을 만드는 건 상상도 되지 않았다. 그때, 태진의 휴대폰이 울렸다. 처음 보는 번호에 고개를 갸웃거리고는 전화를 받았다.

"여보세요."

—태진 씨? 저 이강유예요.

"아! 네, 안녕하세요."

─다음이 아니라 너무 궁금해서요. 이번에 보낸 곡들 들어 봤어요?

"아! 네, 지금 듣고 있었어요."

듣고는 있었지만, 다른 생각을 하느라 어떤 노래를 들었는지 생각이 나지 않았다.

─어때요?

"지금 듣고 있는 중이라서요."

─언제쯤… 아! 재촉하는 건 아니고요. 기대되다 보니까 너무 궁금해지더라고요.

"최대한 빠르게 찾아볼게요."

─아니에요! 빠르게보다 정확하게! Club처럼! 지금 우리 회사에서도 갑자기 다즐링 애들한테 기대하고 있어요. 태진 씨 덕분에.

라온에서 그렇게 마음에 들었나 생각할 때 강유가 말을 이었다.

─지금 Y튜브에 올린 영상 조회수가 어마어마해요. 애들 자기들 곡 내놓을 때도 인기 동영상에 들어가 본 적 없는데 다른 그룹 곡 부르고 인기 동영상에 들어가 있더라고요.

"아!"

곽이정에게 영상의 반응이 좋다는 말을 듣긴 했었다. 하지만 시나리오에 대해 생각하느라 잠시 잊고 있었다.

―그래서 애들이 너무 고마워하더라고요. 그리고 회사에서도 조만간 연락할 거 같아요.

"아, 네."

―그럼 잘 좀 부탁드립니다!

통화를 마친 태진은 휴대폰을 가만히 들여다봤다. 곽이정을 통해서 연락을 받았던 것과는 또 느낌이 달랐다. 지나가듯 자신이 추천한 곡으로 인해 감사 인사를 받자 기분이 좋으면서도 약간 부담도 생겼다.

'먼저 영상부터 봐야겠네.'

휴대폰으로 Y튜브를 접속했다. 찾아볼 필요도 없었다. 그동안 한겨울과 은수를 검색해서 봐서인지 알고리즘 추천으로 은수가 속한 다즐링의 영상이 가장 위에 보였다. 그 영상에 들어가고 잠시 광고가 나오는 동안 댓글부터 살필 생각으로 화면을 밑으로 내렸다.

'와, 라온 구독자가 4,811만 명이네.'

한국 가수이면서도 빌보드를 석권한 가수 '후'의 영향인지 구독자 수가 어마어마했다. 그런 계정으로 올렸으면 조회수가 높은 건 당연한 것이었다. 태진은 대체 얼마나 높길래 고맙다는 전화를 했는지 궁금한 마음에 조회수를 확인했다.

"억!"

자신도 모르게 소리가 나올 정도로 조회수가 엄청났다. 10시간 전에 올린 영상의 조회수가 백만을 넘어 이백만을 향해 올라가는 중이었다. 아무리 라온 계정이라고 해도 해외에 알려지지 않은 그룹의 영상이 이렇게 높은 조회수가 나오는 건 말이 안 됐다. 태진은 빨리 영상을 볼 생각에 서둘러 스킵도 하지 않고 있던 광고를 스킵했다. 그때, 태진이 낸 소리에 채이주가 다가왔다.

"왜요?"
"네?"
"갑자기 화냈잖아요. 으악! 이러고. 우리 팀원들 연기 이상해요?"
"아, 그런 게 아니에요."
"그럼요? 있는 그대로 말씀해 주세요."
"그냥 놀라서 저도 모르게 소리친 거예요."
"거짓말하지 말고요. 놀란 사람치고는 너무 평온하잖아요."

사실대로 말했음에도 채이주는 믿지 않았다. 태진은 영상을 보고 싶은 마음에 휴대폰을 채이주에게 보여 주었다.

"은수 씨가 속한 다즐링에서 제가 추천한 곡으로 커버 영상을 올렸는데 조회수가 너무 높아서 놀란 거였어요."

"와! 우리 연습하고 있는 동안 혼자 Y튜브 보고 있었… 어? 10시간에 187만?"

채이주도 놀란 표정으로 태진의 옆에 자리를 잡았다. 그러고는 빨리 재생시키라는 듯 손가락으로 휴대폰 화면을 가리켰다. 불편하긴 했지만 태진은 어쩔 수 없이 영상을 재생했다. 그러자 여섯 개의 의자에 앉아 있는 다즐링 멤버들이 보였다. 원래 힙합곡이다 보니 춤이라도 출 줄 알았는데 예상과 달랐다. 옷도 태진이 봤던 그날 입고 있던 옷 그대로였다. 다른 점이라고는 전에는 없던 Club의 비트가 흘러나오는 중이었다. 그리고 그 비트에 맞춰 다즐링 멤버들이 노래를 부르기 시작했다.

—Shake your head. 정신이 나간 것처럼 흔들어. 네 머릴!
—Shake your hip. 내 심장이 쿵쾅대게 만들어 봐 어디 한번!

처음 들었을 때보다 완성도가 높아져 있었다. 앉아 있는 것이 아쉬울 정도로 표정도 자연스러웠고 노래를 즐기고 있는 것처럼 보였다. 그러다 보니 이제는 멤버 한 명 한 명이 흉내 내기 힘들 것 같은 느낌마저 들었다. 그러던 중 Club에서 가장 임팩트 있는 은수의 파트가 나오기 시작했다.

―나를 봐! 모두가 나를 봐! 따라 할 수 있으면 해 보든가! 워억!

순간 옆에서 감탄사가 들렸다. 고개를 돌려 보니 채이주가
오므린 작은 입에서 혀를 살짝 내민 이상한 표정을 짓고 있었
다. 태진과 눈이 마주친 채이주는 혀만 쏙 집어넣고는 입을 열
었다.

"오와, 멋있는데요."
"그래요?"
"느낌이 뭐랄까… 섹시하다?"
"섹시요?"
"짐승 같아서 섹시하면서도 뭔가 목줄 채우고 싶은 그런 느낌?"
"사자한테 목줄 채우는 그런 거요?"
"그렇죠. 위험한 걸 알면서도 해 보고 싶은 그런 거!"

같은 남성이라서 그런지 섹시한 건 잘 못 느꼈지만, 길들여지
지 않은 짐승 같은 느낌은 들었다. 은수도 그걸 아는지 코를 찡
그린 채 물어뜯으려는 표정까지 지었다.

"이 곡이 다즐링 신곡이죠? 완전 잘됐다!"
"신곡 아니에요."
"신곡 아니에요? 그럼 원래 있던 곡인가……? 제가 요즘 노래
를 잘 안 들어서 잘 몰라요."
"다른 그룹 노래 커버한 거예요."

"아! 그래요? 조금 아쉽네. 그래도 이 정도 반응이면 도움이 되겠는데요?"

"뭐가요?"

"B팀 노래 은수 씨가 불렀잖아요. 그럼 우리 Solo까지 사람들이 관심 보이겠죠?"

들고 보니 그럴 가능성이 있었다. 태진은 티 나진 않지만 무척 멋쩍어하며 웃었다. 에이전트의 일은 아니더라도 MfB 소속으로 일을 하는데 채이주가 더 그림을 크게 보고 있는 상황이 약간 부끄러웠다.

"사람들이 뭐래요? 장난 아닐 거 같은데요."

민망해하던 태진은 곧바로 댓글 창을 열었다. 구독자 중 외국인 수가 상당하다 보니 대부분 해외에서 달린 댓글이었다. 밑으로 죽죽 내려 봤지만, 얼마나 많은 댓글이 달려 있는지 한글을 찾기가 힘들었다. 태진은 다시 처음으로 올려 맨 위 댓글부터 확인했다. 가장 많은 공감을 받은 댓글이었고, 그 댓글을 본 태진은 자신도 모르게 머리를 쓸어 올렸다.

—The person who suggested En—su to do the shouting should get a raise.

"으… 더 펄슨 후… 뭐라는 거예요?"

"은수한테 소리 지르게 한 사람 월급 인상받아야 된다는 그런 거 같아요."

"맞아, 맞아. 진짜! 은수의 재발견. 이 댓글 단 사람은 우리 쪽 일 하는 사람인가 봐요. 보통 스태프 칭찬들은 잘 안 하는데. 그나저나 누가 이런 걸 시켰을… 어? 아까 태진 씨가 추천해 줬다고 하지 않았어요?"

댓글에서 눈을 떼지 못하고 있던 태진이 고개를 끄덕여 대답을 대신했다.

"이것도 태진 씨가 이렇게 하라고 한 거고요?"

"그건 아니고 파트만 정해 줬어요."

"그게 그거지! 와… 대단하네요… 진짜 보면 볼수록 대단하네……."

"제가 보기에도 그래요. 정말 잘했어요."

"얘네들 말고 태진 씨요. 태진 씨 대단하다고요. 내가 본 사람들 중 가장 능력 있는 사람 같아요. 웃는 거 말고는 전부 다 잘하는 그런 사람?"

태진은 칭찬이 좋으면서도 조금은 부끄러워 댓글을 보는 척 손가락을 열심히 움직였다. 처음 댓글 말고는 가수가 아닌 스태프를 칭찬하는 댓글은 없었다. 전부 다즐링에 대해 관심을 보이는 댓글이었다. 다즐링을 알고 있던 팬들은 새로운 모습에 기뻐하는 댓글을 달았고, 다즐링을 모르던 팬들은 다른 영상이 있는지 물어보고 있었다.

　일부 팬들은 처음에 등장하는 것만 보고 부드럽거나 감미로운 노래를 부를 줄 알았는데 힙합이 나와서 반전이라고 했고, 또 리듬 타는 실력에 또다시 반전을 느꼈다고 했다. 전부 칭찬들이 주를 이었다. 엄청난 양의 댓글이 달려 있었고, 댓글을 올리느라 손가락이 아파 올 때쯤 한글이 보이기 시작했다.

　―대박! 속음! 이거 듣고 계속 듣고 싶어서 음원 사이트에서 찾아보니까 다즐링 노래가 아니었음!
　―제목에 커버라고 돼 있는데요. 원곡 뺏기 커버.
　―음원 좀 내줘요! 제발!
　―은수한테 물리려고 목 내민 1인
　―요한은 뭔가 혼자 겉도는 느낌이냐.
　―지금 수박차트 13위에 AL이 부른 Club 있는데 다즐링이 리메이크해서 내면 1위 예상한다! 웃길 듯!
　―5시간째 반복 재생 중!

　음원을 내 달라는 요청들이 대부분이었다. 외국인들이 올린 댓글을 볼 때는 기쁘기는 했지만 크게 와닿지는 않았다. 그런데 한국어로 된 댓글들을 보자 심장이 두근거리기 시작했다. 비록 처음부터 신경 쓰이던 요한의 평가가 마음에 걸리긴 했지만, 전체적인 반응이 너무 뜨거웠다.

　'내가 추천한 곡인데……'

물론 다른 추천을 한 일들도 많았다. 이정훈에게 배역을 맡기던 일, 최장만을 추천한 일, 채이주에게 맞는 곡을 추천한 일 등. 뒤에서 알게 모르게 많은 추천을 했었다. 하지만 그런 일들은 아직 대중들이 보지 못한 것들이었다. 그런데 이렇게 직접적으로 대중들의 반응을 보게 되자 마음이 좀처럼 진정이 되지 않았다. 그리고 지금까지 했던 일들이 새롭게 보였다.

그중 가장 가까이 있는 채이주가 가장 먼저 떠올랐다. 최정만이야 지금처럼 연기가 늘어 가는 것을 보는 재미를 느낄 것이다. 하지만 채이주는 달랐다. 대중들은 채이주가 발 연기를 한다는 편견을 갖고 있는데 이젠 그런 편견을 모두 깨 버리게 만들 것이었다. 편견이 깨진 순간부터 사람들은 채이주의 새로운 모습들을 제대로 보게 될 것이었다.

'아쉽다……'

다만 채이주는 다즐링처럼 신곡을 준비하는 것이 아니다 보니 '라이브 액팅'에서 짧게 보여 주는 것이 전부일 것이었다. 만약 다른 드라마나 영화에 출연해서 제대로 된 연기를 보인다면 정말 발 연기를 벗어나 연기파 배우가 될 수도 있을 것 같았다. 하지만 지금부터 준비를 한다 해도 작품 선정부터 오디션까지 최소 1년은 걸릴 것이었다. 그러다 보니 좀 아쉬웠다.

하지만 지금처럼 꾸준히 연습을 한다면 머지않아 인정을 받을 수 있을 것이다. 지금도 심사 위원이면서 참가자들보다 더 열심히 하고 있었다. 태진이 그런 생각을 하며 채이주를 물끄러미 볼 때, 갑자기 연습실 문이 열리면서 매니저 팀과 캐스팅 1팀의 직원 몇몇이 들어왔다.

제5장

—

기회를 만들다

매니저 실장을 필두로 꽤 많은 인원이 연습실로 들어왔다. 실장은 태진의 옆에 있던 채이주를 부른 뒤 필과 채이주 두 사람에게 먼저 사정을 설명했다. 그동안 다른 매니저들은 촬영 팀에게 양해를 구했다. 곧이어 다른 연습실에 있던 A팀 참가자들까지 합류했다. 그러다 보니 참가자들은 무슨 일이 터진 건가 걱정되는 마음에 서로를 쳐다봤다.

필과 채이주의 대답을 듣자 매니저들이 참가자들을 불러 모았다. 모두 어리둥절한 표정으로 실장을 지켜봤고, 실장은 차분히 설명을 하기 시작했다.

"다름이 아니라 지금 '라이브 액팅' 참가자 때문에 여러분을 불러 모았습니다."

"무슨 일이에요?"

참가자들 중 가장 어리지만 할 말은 꼭 하고 마는 하영이 직설적으로 물었다.

"참가자들 중 한 명에게 문제가 있었습니다. 일단 확인부터 하죠. 지금 SNS 하고 계시는 분?"

몇몇 참가자들이 손을 들었고, 실장은 곧이어 다음 질문을 했다.

"자신의 SNS 계정에 '라이브 액팅'에 관해서 언급하신 분? 비공개라도 이에 관해 올리신 분?"

그러자 이번에는 다들 손을 내렸다. 뒤에서 질문을 듣던 태진은 무슨 일이 벌어진 건지 예상되었다.

'누가 자랑했나 보네.'

이래서 오디션 프로그램이 힘든 것이었다. 시간이 길어질수록 비밀을 유지하기 힘들었기에 일정을 빠듯하게 짜서 진행했다. 그런데도 이렇게 합격자가 유출이 됐다. 다행히 채이주의 팀에는 그런 참가자가 없는 것 같았지만, 주의를 줄 필요는 있었다. 그런데 매니저 실장의 표정은 여전히 좋지 않았다.

'저렇게까지 겁줄 필요는 없을 거 같은데.'

실장은 여전히 심각한 표정으로 참가자들을 살폈다. 그래서인지 참가자들은 숨을 죽인 채 실장의 표정만 살피고 있었다. 그때, 실장이 난감한 말을 해야 하는지 잠시 머뭇거리더니 숨을 크게 뱉었다.

"후, 혹시 학창 시절에 친구를 폭행한 적이 있는 사람."
"……."

다들 어떤 일인지 눈치를 챘는지 그런 사람이 있나 확인을 하려는 듯 서로를 살폈다. 태진은 이 상황이 약간 마음에 들지 않았다. 이전에도 방송 출연자가 학교 폭력으로 인해 문제가 된 경우가 종종 있었다. 그걸 확인하는 건 당연했지만, 다른 방식으로 확인을 했으면 어땠을까 싶었다.

당장 내일이 촬영인데 자칫하면 좋았던 팀워크가 깨질 수도 있었다. 한 명씩 조용히 불러서 면담하면서 알아보는 방법도 있는데 굳이 이렇게까지 하는 게 의아했다. 그때, 실장이 또다시 큰 한숨을 뱉으며 말을 이었다.

"한 참가자가 흔히들 일진이라고 불리는 그런 생활을 했답니다."

어떤 상황인지 궁금했지만, 분위기 때문인지 다들 듣고만 있었다. 하지만 하영은 달랐다.

"자기가 일진이었으면서 SNS에 자랑한 거예요?"
"그건 아닙니다."
"그럼 어떻게 알려진 건데요? 지금 기사 뜬 거예요?"
"기사 올라오고 있습니다. 제작진에서도 확인 후 입장 밝히려고 각 소속사에게 확인 요청을 한 상태고요."

어떤 내용인지 궁금했던 참가자들과 태진은 이번만큼은 하영을 응원했다. 기대에 부응하듯 하영은 꼬치꼬치 묻기 시작했다.

"그런데 이상하다. 스타라면 모를까 그 사람도 우리랑 같은 참가자잖아요. 그리고 연극이나 조연했던 참가자들이라고 해도 사람들 전부 처음 보는 얼굴일 텐데 그렇게 기사 나오는 게 이상한데요?"

같은 장소에 있던 A팀 참가자들의 못마땅한 시선에도 하영은 거침없이 말을 뱉었다. 하지만 반박할 수 없는 사실이었기에 별다른 말을 하진 않았다. 그저 실장의 말을 기다릴 뿐이었다.

"후, 기존에 나왔던 그런 가벼운 학폭하고는 조금 다릅니다.

그 참가자는 학폭으로 인해 재판까지 가서 처벌을 받았습니다. 그 일로 다니던 학교에서 퇴학을 당했고, 먼 곳으로 전학을 갔다고 하더군요."

"쩐다. 그래 놓고 어떻게 TV에 나올 생각을 하지. 그런데 여자예요, 남자예요?"

"남자입니다."

"그렇구나. 어? SNS에 자랑도 안 했다면서요. 그런데 어떻게 그런 기사가 나오지? 신기하다."

실장은 자신이 생각해도 어이가 없다는 듯 고개를 젓더니 말을 이었다.

"친구들한테 자랑을 했는데 그 친구들 중 한 명이 학폭 피해자한테 말해서 알게 됐답니다."

"으잉? 친구라면서 왜 피해자한테 그걸 알려 줘요?"

"모르죠. 잘되는 게 배가 아파서인지, 아니면 피해자하고 친분을 유지하고 있었던 건지. 그래서 그 피해자가 그때 당했던 피해자들과 함께 SNS에 글을 올렸습니다."

"그러니까 왜 남을 때려! 그리고 나 같았으면! 아, 물론 난 누가 나 건드리면 배로 돌려 주는 성격이라 그럴 일은 없겠지만 만약에라도 나한테 이런 일이 생기면 이렇게 안 할 텐데. 이걸 왜 지금 터뜨리지. 참고 참다가 높은 데까지 올라갔을 때, 그때 떨어뜨려야지! 안 그래요?"

이번에는 하영의 말에 동의한다는 듯 다들 고개를 끄덕거렸다. 학교생활을 해 보지 않았기에 그저 TV에서 봤던 걸 토대로 상상을 하던 태진도 이번만큼은 하영과 같은 생각이었다.

"아무튼 확인할 겸, 여러분들도 주의하라고 알려 줄 겸 온 겁니다. 만약에 조금이라도 마음에 걸리는 일이 있다면 그분은 조용히 저한테 전화하세요. 찾아오지도 말고 전화만 해 주세요. 그래야 우리도 대비를 할 수 있습니다."

매니저 팀과 1팀의 직원들은 몇 가지 조사를 더 하고는 다시 연습실을 나갔다. 남아 있던 참가자들은 웅성거리며 누구일지 추측하기 바빴다. 그러자 필이 분위기를 바꾸려고 크게 손뼉을 쳤다.

"내일이 촬영인데 남의 일 신경 쓰지 말고 자신의 연기부터 신경 씁시다. A팀도 연습하고 있으면 곧 가겠습니다."

필의 말대로 자신들 코가 석 자였기에 참가자들은 서둘러 자신의 자리로 돌아갔고, 태진은 또다시 혼자 자리를 지키게 되었다. 태진은 대체 어떤 기사가 올라왔길래 저렇게 다들 바쁘게 움직이는지 궁금한 마음에 휴대폰으로 인터넷에 접속했다.

'와, 엄청 많네.'

수많은 기사가 올라와 있었다. 그중에는 예전 MfB의 일을 언급하는 기사 제목까지 보였다.

「시작부터 삐그덕. 채이주와 팀 분란에 이어 학폭 이슈까지」

잘못된 기사라고 밝혔는데도 채이주의 이름을 넣어 관심을 유도하고 있었다. 모르는 사람이 본다면 마치 채이주가 학교 폭력 가해자라고 생각할 제목이었다.

'이 사람들도 자기가 정한 선이 없나.'

지금 자신이 일하는 것처럼 되는 대로 기사를 작성한 것 같아 보였다. 태진은 못마땅해하며 다른 기사를 클릭했다. 그러자 기사에는 피해자들이 올린 SNS 사진이 보였다. 사진을 클릭해서 확대해 본 태진은 피해자들이 왜 지금 사건을 터뜨렸는지 이해가 되었다.

[넌 내가 미대 가고 싶었던 거 누구보다 잘 알 거야. 어려운 가정 형편에 학원비를 달랄 수가 없어서 알바를 했지. 그리고 넌 그 알바비를 빌려 간다는 명목으로 전부 뺏어 갔고. 다음 달에는 안 그러겠지, 그렇게 생각하면서 난 알바로 학원비를 벌었어. 그리고 넌 또다시 뺏어 갔고. 그래도 그건 그나마 나아. 내가 부모님한테 학원비는 아니더라도 스케치 연필이라도 사 달라고 해서 겨우 스케치 연필을 샀던 날이었어. 학

원도 아니고 Y튜브로 강의 보면서 따라 하고 있을 때, 네가 한 말이 잊히지가 않더라.

그림 그릴 때 물감으로 그리는 거 아니냐면서 네가 나한테 거지새끼라고 그랬지. 내가 번 돈은 네가 다 가져가 놓고 말이야. 그리고 반 애들한테 내가 그린 스케치 보여 주면서 조롱까지 했어. 지금 생각해 보면 배우지 못했으니까 못하는 건 당연한 건데… 그땐 너무 부끄러웠지. 덕분에 꿈을 버렸어.]

'와, 나쁜 놈이네. 참가자들 중 누구지?'

읽고 있던 태진마저 기분 나쁘게 만드는 글이었다. 그리고 마지막에는 왜 조금 더 참지 않고 빨리 공개를 했는지 알 수 있는 내용이 적혀 있었다.

[너도 똑같이 느껴 봤으면 좋겠다. 꿈을 펼치기도 전에 타인으로 하여금 부서져 버리는 기분을. 네 이름, 그리고 네가 연기했다는 걸 아는 사람이 한 사람이라도 적었으면 좋겠다. 그래서 TV를 볼 때마다 저기가 내 자리일 수도 있었을 거란 생각을 하면서 아쉬워했으면 좋겠다. 그리고 마지막으로 네가 원망할 그 타인이 꼭 나였으면 좋겠어. 죽을 때까지 날 잊지 않도록.]

똑같이 돌려주고 싶었던 모양이었다. 그때의 일로 인해 얼마나 힘들었고 분했는지, 그리고 지금까지 그 당시의 생각이 나는 모양이었다. 학교라고는 초등학교가 전부였던 태진이 학교를 안 다닌 게 다행이라고 생각이 들 정도였다. 태진은 기분이 나빠진 채로 기사를 읽어 내려갔다.

기사 내용은 특별한 것이 없었다. 기존에 학교 폭력 사건들이 나왔을 때와 비슷한 내용들이었다. 방송계에 이런 일이 없어야 한다는 그런 내용이 주였다. 그리고 그 밑에는 어떻게 구했는지 가해자의 학창 시절 사진들이 올라와 있었다.

그중 한 사진은 기념사진이라도 찍은 것처럼 보였다. 교복을 입은 남녀 학생들 여러 명이 담배를 입에 문 채 카메라를 보고 V 자를 날리고 있었다. 딱 봐도 불량스러운 느낌이 물씬 풍겼다. 그 사진 말고도 술집인지 노래방인지 막혀 있는 공간에 여러 명이 있었고, 사진 중심에는 자랑스럽게 여자와 포옹하고 있는 사람이 보였다. 누가 보더라도 건전한 느낌은 아니었다.

태진은 이 사람이 누구인지 알 것 같았다. 눈 주위로 모자이크를 하고 있어 확실하진 않지만 손을 뒤집어 손등을 보인 채 엄지와 검지로 V를 만든 참가자를 본 기억이 있었다. 아까 하영이 추측한 대로 연극 경험이 있는 참가자였다.

'플레이스 유재섭 씨 팀으로 간 사람이네. 지금쯤 난리도 아니겠구나.'

유재섭은 오디션 때 최정만을 칭찬했던 유일한 심사 위원이었다. 그리고 플레이스는 유명한 배우들이 상당히 많은 곳인데다가 태진이 처음 일을 맡은 이정훈도 플레이스 소속이었다. 지금 당장은 그 어떤 기획사보다 바쁘겠지만, 그래도 유명 배우들이 소속된 큰 기획사이다 보니 큰 타격을 받진 않을 것이었다.

플레이스보다 혹시라도 프로그램이 받을 타격이 더 걱정이었다. 태진은 사람들이 어떤 반응을 보일지 궁금한 마음에 댓글을 찾았다. 하지만 지금 보는 기사에는 댓글 창이 아예 없었기에 다른 기사들까지 찾아보았다. 그러던 중 한 커뮤니티에 올라온 글까지 찾아가게 되었다.

기사 내용을 일부 발췌한 것이 아니라 온전히 옮긴 게시글이었다. 그리고 인기 게시물로까지 등록되어 있었고, 그러다 보니 수많은 댓글이 달려 있었다. 태진은 댓글을 읽을 생각으로 천천히 스크롤을 내렸다. 가장 위에는 추천을 받은 3개의 댓글이 보였다.

—돈 뺏어서 술 처먹고 담배 사서 피울 땐 이런 날이 올 줄 몰랐겠지. 인과응보다 씹XX야. 이거 보니까 더 간절히 기도하게 된다. 중딩 때 나 괴롭히던 새끼도 제발 TV에 나오라고.

그리고 그 밑에 두 번째로 많은 추천을 받은 댓글을 본 태진은 자신이 본 게 맞는지 화면을 확대까지 해서 봤다.

—저기 노래방 양아치들 중 구석에 여자 어디서 본 듯. 아니, 이 사진들 자체를 어디서 본 듯?

댓글에는 수많은 댓글이 달려 있었다.

―누구임? 연예인임?

―ㅋㅋㅋㅋ 한때 유명한 사진이었지. 이제 보니 완전 일진 멤버였고만.

―누구임 대체 누구임!

―유명한 배우잖아. 개유명함.

―댓글 고소당하기 전에 지우셈.

사진에는 전부 모자이크가 되어 있어 누구인지 알 수 없었다. 태진은 누구인지 궁금한 마음에 댓글을 하나하나 읽어 갔고, 사진 속 인물들 중 댓글을 단 사람들이 말하는 사람이 누구인지 알아 버렸다. 그와 동시에 태진은 눈을 껌뻑거리며 채이주를 쳐다봤다.

*　　　　*　　　　*

다음 날, '신을 품은 별'의 촬영이 한창 진행되어야 할 시간이었지만, 한재철 PD와 김정연 작가를 비롯해 제작사인 멀티박스의 운영 팀, 투자 담당 팀, 캐스팅 팀 등 회사의 중요한 인사들이 모두 한자리에 모여 있었다. 신을 품은 별의 총괄 책임자는 무척이나 화가 나 있었다.

"도대체 뭘 알아본 겁니까! 이 상황을 어떻게 할 겁니까!"

"지금 저희도 알아보고 있는 중입니다. 플레이스하고도 계속 연락을 하는 중이고요……."

"연락하고만 있으면 다 해결되는 겁니까?"

"조금 기다려 보시죠……."

"어이가 없네. 지금도 돈이 줄줄 새고 있어요! 그런데 어떻게 기다립니까! 아오! 재수가 없으려니까! 임 부장님, 오춘에서는 반응 어때요. 지금쯤 알 거 같은데."

오춘은 이번 드라마에 가장 많은 투자를 한 중국 회사였다.

"계약상 문제 발생 시 사전 고지를 해야 해서 일단 알리긴 했는데 아직 아무런 반응은 없습니다. 반응을 지켜보려는 거 같습니다."

"반응이요? 반응은 점점 더 커져 가는고만!"

총괄 책임자는 책상 위에 놓인 사진을 손으로 찍어 가며 말했다.

"애 분량이 얼마나 돼요?"

"여주니까 많죠……."

"아, 씨발."

그는 자신의 입에서 욕이 나왔는지도 모를 정도로 화가 나 있었다. 반사전 제작으로 진행되고 있던 드라마였다. 그렇기에 ETV에 방송 편성까지 받은 상태에서 일이 터졌다. 그것도 젊은 사람들 사이에서 민감한 학교 폭력 문제였다. 문제의 주인공은 바로 '신을 품은 별'의 여주인공이었다. 분명히 사건의 시작은 한 오디션 프로그램에 출연한 무명 배우였는데, 여주인공인 강은수에게까지 불똥이 튀었다.

책임자가 흥분을 가라앉히고 차분하게 생각하려고 애써 숨을 고를 때, 회의에 참석하고 있던 사람이 갑자기 휴대폰을 내밀었다.

"플레이스 이창진 실장이 연락했습니다."
"줘 봐요. 여보세요, 실장님 이게 뭡니까!"

다짜고짜 전화기에 대고 화를 냈다. 그럼에도 상대방은 그게 당연하다는 듯 받아들였다.

─죄송합니다. 저희도 생각하지 못한 일이라서요.
"누가 사과를 듣고 싶답니까! 그거 말고 어떻게 되는 거냐고요."
─그게, 누구를 괴롭히고 그런 적은 없답니다.
"사진은요! 사진에 있잖아요! 예전에도 논란이 됐던 적 있다면서요!"
─그렇긴 하지만 정말 착한 친구입니다. 그 무리하고 친했던 모양이긴 합니다만 일진 그런 건 꿈도 못 꾸는 친구입니다. 저희도 우선적으로 입장 발표를 준비하고 있습니다. 그러니까 시간을 조금만 주시면 안 되겠습니까?
"시간 주면 해결됩니까? 지금 사람들이 옳다구나 물어뜯고 있는데!"

─최대한 노력해 봐야죠. 지금 5화까지 진행된 상태인데… 최대한 수습해 보겠습니다.

"아무튼 사실이라는 거죠?"

계속 같은 얘기가 오가다 보니 짜증이 솟구친 책임자는 전화를 끊어 버렸다.

"무슨 말 같지도 않은 얘기를 하고 있어. 하… 한 PD님! 강은수 부분만 재촬영하는 건 힘들어요?"

한재철 PD는 옆에 있던 김정연 작가를 쳐다본 뒤 입을 열었다.

"지금 5화 정도 촬영했으니까 그걸 다시 촬영하려면 그만큼 제작비가 추가되겠죠. 공짜로 일할 순 없으니까요. 그리고 배우들 스케줄도 다시 조절해야 하고요. 그런데 문제는 강은수가 한김별 역을 맡을 배우가 있느냐는 거죠."

"널리고 널린 게 배우 아닙니까?"

한재철 PD는 김정연 작가의 눈치를 봤다. 김정연 작가는 자신의 작품에 출연하는 배우를 고르는 데 무척이나 깐깐했다. 특히 주연의 경우는 지목해서 하는 경우가 많아 캐스팅 담당자들이 시달리는 경우가 많았다. 이번 작품에서도 자신의 작품에 어울리는 이미지와 그 캐릭터를 소화해 낼 연기력을 염두에

두고 고른 배우가 강은수였다. 그러다 보니 작가의 눈치가 보여 머뭇거렸다. 그러자 김정연 작가가 표정의 변화 없이 입을 열었다.

"일단 다른 배우도 알아보죠."

가장 놀란 건 한재철 PD였다. 그녀가 이렇게 쉽게 수락할 줄은 몰랐다.

"누가 그러더라고요. 한 가지 길만 있는 게 아니라고. 아무튼 아직 어떻게 해결될지는 모르지만, 미리 알아 두는 게 좋을 것 같네요. 그리고 미리 말해 두는데 제작비 절감이든 뭐든 대본 수정은 안 합니다. 지금 있는 그대로 진행할 테니 그런 얘기는 안 들렸으면 하네요."

내놓는 작품마다 신드롬을 불러일으키는 스타 작가의 힘이었다. 회사 측에서 얼마나 힘들게 작품을 얻어 왔는지 알고 있던 책임자는 별다른 말을 하지 못했다. 사실 처음부터 고지한 내용이었고, 그걸 다시 상기시킨 것뿐이었다.

"알겠습니다. 그럼 강은수는 며칠 지켜보고 결정하죠. 한 PD님, 그럼 강은수 신 빼고는 가능합니까?"
"의상이나 날씨 문제가 있긴 하지만 세트장 위주의 촬영은 가능하죠."

"후… 일단 그렇게 진행합시다. 그리고 캐스팅 팀은 여배우 리스트 준비하세요."

그때, 김정연 작가가 도도한 표정으로 손을 살며시 들어 올렸다.

"저한테 맡기시죠."

책임자는 못마땅함을 애써 숨기며 김정연 작가를 봤다. 강은수를 추천한 사람도 작가 본인이었으면서 자신들을 못 미더워하는 것처럼 느껴졌다.

"이런 일 잘하는 곳을 알고 있어서요."
"저희도… 노력하고 있습니다."
"알죠. 멀티박스분들도 잘하시는데 어떤 사람을 추천할지 궁금한 곳이 있거든요."
"거기가 어디죠?"
"빌 러셀을 내 작품에 나오게 한 곳. 그리고 안 될 거라고 생각했던 이정훈 씨를 섭외한 곳."
"MfB 말씀이시군요."

김정연 작가는 미소를 지은 채 고개를 끄덕거렸다. 마음 같아서는 멀티박스에서 맡고 싶었지만, 문제가 생긴 지금 또 다른 문제가 생기는 것은 원치 않았다.

"조인해 보죠."

책임자는 상황을 정리하기 시작했다. 그렇게 한참이나 지나고 마무리가 될 때쯤 홍보 팀을 가리키며 말했다.

"홍보 팀은 보도 자료 준비하세요."
"그거 플레이스에서 보내 준다고 해서 기다리는 중입니다."
"무슨 말을 하는 겁니까."
"네? 강은수 해명 기사……."
"그걸 왜 우리가 해요. 그건 플레이스가 해야지! 우리는 우리 작품에 스크래치 나고 있는 걸 메꿔야 할 거 아닙니까."
"어떤 자료를……."
"내일모레 촬영에 누가 합류합니까!"
"네?"
"지금 해외에서 온 사람들 중 격리 끝나는 거 기다리는 사람이 누구겠냐고요."
"아! 빌 러셀!"
"이렇게 쓰려던 숨겨 뒀던 카드가 아니었는데 지금은 어쩔 수 없군요."

회의실에 있던 사람들은 그제야 굳어 있던 표정이 조금은 부드러워졌다.

"지금 '신을 품은 별'에 악의적인 기사들이 많은데 빌 러셀의 합류로 조금은 잠잠하게 만들 수 있겠군요."

*   *   *

참가자들의 뮤직비디오 촬영은 순조롭게 진행되었다. 뮤직비디오 특성상 장면들이 짧기도 했지만, 그만큼 많은 연습을 한 덕분이기도 했다. 물론 태진이 보기에는 많이 부족했지만 참가자 한 명 한 명의 연기가 확실히 전보다 늘었다. 같이 현장에 있던 캐스팅 팀 선배들도 그런 변화가 눈에 보이는지 만족스러워하며 지켜봤다.

"괜히 로젠 필이 아니네요."
"그러게요. 임동건, 쟤도 전에 봤던 연기보다 훨씬 좋은데요. 차분하면서도 싸가지 없어 보이는 연기가 제법이네요."
"그러게 잘못하면 예상대로 안 갈 수도 있겠는데요."
"그러게요."

탈락자를 예상하고 그에 대한 준비를 하고 있던 중이었다. 그런데 참가자들의 연기를 보니 이제 누가 탈락할지 좀처럼 예상이 되지 않았다. 특히 최정만이 연기를 할 때는 보는 사람 모두가 최정만의 표정을 따라 할 정도였다. 보는 사람으로 하여금 몰입할 수 있게 만드는 그런 연기였다.

한창 진행되던 촬영을 멈추고 잠시 휴식을 가질 때 채이주가 태진의 옆으로 다가왔다.

"정만 씨 진짜 잘하죠?"

"네, 잘하네요. 그사이에 또 늘었어요."

"우리가 사람을 잘 봤어요! 그렇죠?"

태진은 기분이 좋은지 입가가 살짝 움직였다. 그때, 채이주가 갑자기 주변을 살피더니 태진의 얼굴 쪽으로 고개를 휙 돌렸다.

"그런데 어제 나한테 한 말 있잖아요. 그거 뭐예요?"

"아! 별거 아닙니다."

"별거 아니긴요. 갑자기 연기 연습을 하라는데 신경 쓰이잖아요. 혹시 저 모르는 캐스팅 제의 같은 거 들어왔어요?"

"아니에요. 그냥 참가자들 연습할 때 같이 연습하면 좋을 거 같아서 그랬어요."

"에이! 진짜 이럴래요? 누가 연습하는 데 상대 배역까지 정해 줘요."

어제 캐스팅 팀이 연습실에 오간 뒤 태진이 갑자기 연기를 연습하는 게 어떻겠냐는 말을 했다. 처음에는 무슨 뜻으로 그런 말을 했는지 오만 가지 생각이 다 들었다. 한창 연기가 다시 재미있어지고 있었는데 태진이 보기에는 참가자들에 비해 자신의 연기가 부족해 보이는 건가 싶기도 했다.

하지만 그게 아니란 걸 금방 알 수 있었다. 집에 와서 태진이 말했던 배진성을 찾아봤고, 그 가운데 배진성에 대한 기사들이 보였다. 최근 기사들이 전부 '신을 품은 별'이라는 작품에서 주연을 맡았다는 기사들이었다. 이때까지만 해도 왜 배진성을 상대역으로 연습을 하라는 건지 의아했었다. 이미 작품을 촬영 중인 배우와 마주칠 일은 전혀 없다고 생각했다.

하지만 배진성의 기사와 더불어 새롭게 올라오는 기사들이 보였다. 전부 '신을 품은 별'에 빨간불이 들어왔다는 그런 내용의 기사였고, 정확히는 출연진 중 여자 주연인 강은수가 학폭 논란에 휩싸였다는 내용이었다. 드라마 촬영 중에도 학폭 논란으로 배우가 하차하는 경우가 종종 있었다. 그러다 보니 비게 된 여자 주인공 자리에 제의가 들어온 건 아닐까, 생각하는 중이었다.

"진짜 아무 일도 없어요?"

"진짜 없어요."

"와, 답답해. 거짓말인지 아닌지 티가 안 나니까!"

"거짓말 아니에요. 진짜 아무 일 없어요."

태진도 혹시 여자 주인공 자리가 비지 않을까 하는 생각에 채이주에게 그런 말을 했던 것이었다. 상대역의 연기에 따라 연기가 변하는 채이주라면 배진성과 호흡이 괜찮을 것 같아 보였다. 더군다나 채이주의 연기도 점점 늘고 있었고. 하지만 아직 아무것도 확정이 되지 않은 상태였다. 그저 태진의 추측으로 혹시나

기회가 올 수도 있었기에 미리 준비라도 해 두는 게 나을 거라 생각하여 한 말이었다.

"에이! 신을 품은 별!"

결국 답답함을 참지 못하고 먼저 입을 연 건 채이주였다.

"아셨어요?"
"이것 봐! 내가 먼저 말하니까 아셨어요래! 와! 얼굴 하나 안 변하고 거짓말하는 거!"

채이주는 장난스럽게 화를 내는 척하고 있지만 은근히 태진의 대답이 기대되는 표정이었다.

"전 그냥 혹시 강은수 씨가 하차하면 자리가 빌 것 같아서 한 말이에요."

태진의 말에 기대하던 채이주는 곧바로 어이없다는 표정으로 변했다.

"그러니까… 아무런 연락도 없는데 그냥 연습하라고 한 거였어요?"
"혹시 몰라서요."
"에이… 괜히 잠 설쳤네! 해야 되나, 거절해야 되나 괜히 걱정

했잖아요!"

"제안 들어오면 해야죠. 미리 연습하면 더 도움이 될 거고요."

"하차할지 안 할지 아무런 얘기도 없는데요?"

"하차할 거 같아서요."

"왜요? 회사에서 들은 얘기라도 있어요?"

태진은 아니라는 듯 고개를 저었다. 그러고는 들고 있던 휴대폰 화면을 켜고는 채이주에게 내밀었다.

"오늘 플레이스에서 온 입장문인데 한번 보세요."

휴대폰을 건네받은 채이주는 천천히 읽어 내려갔다.

"그냥 흔한 입장문인데요? 확인 결과 그런 일 한 적 없다. 하지만 행실을 좀 더 조심하겠다. 팬들에게 심려 끼쳐 드려서 죄송하다. 이런 내용이잖아요."

"댓글들 보세요. 여기만 그런 게 아니라 거의 모든 커뮤니티 사이트 반응이 비슷해요."

채이주가 스크롤을 내리자마자 엄청난 추천 수를 받은 댓글들이 보였다.

[돈은 친구들이 뺏었다! 우리 강은수는 그냥 친구들이 뺏은 돈

으로 술 처먹고 담배 사서 피운 거밖에 없다는 내용.]

[ㅋㅋㅋ미쳤음? 돈은 다른 새끼들이 뺏고 쓸 때는 같이 쓰고. 이게 더 나쁨. 최소한 노동이라도 같이 해야지ㅋㅋㅋ 불로소득 오지네.]

라이브 액팅의 참가자에서 시작된 학폭 논란이 강은수마저 끌어내리는 중이었다. 태진이 말한 것처럼 이젠 정말 여자 주인공 자리가 빌 것 같았다. 그때, 들고 있던 태진의 휴대폰이 울렸다.

[수잔]

태진의 휴대폰을 들고 있던 채이주는 서둘러 태진에게 휴대폰을 건넸다.

"태진 씨, 전화 왔어요."

전화번호를 본 태진은 받지도 않은 채 채이주를 가만히 쳐다봤다. 채이주는 수잔이 누구인지 모르는지 어깨를 들썩거리며 손을 저었다.

"왜요? 누구한테 온 건지 안 봤어요. 그냥 전화 왔다고 알려 준 거예요."

태진은 입을 씰룩거리고는 통화 버튼을 눌렀다. 확실하진 않지만 갑자기 왜 연락을 한 건지 예상이 되었다. 아니나 다를까 한껏 상기된 수잔의 목소리가 들려왔다.

—태진 씨! 지금 우리 팀 어떤 일 맡았는지 알아요? 대박! 대박! 배우 출연료도 대충 와꾸 짜 본 거 같은데 아마 S급 대우일 듯!

"와꾸요?"

—아! 그러니까 대략적으로 잡았다고요. 아무튼! 우리 일 맡은 거 대박!

"혹시 강은수 대신할 배우 캐스팅 들어왔어요?"

—어……? 어떻게 알았어요!

"강은수 얘기로 시끄럽길래 그럴 거 같았어요."

—하긴. 전에 우리가 일 잘해서 맡긴 거 같아요. 그래서 그때 한 손 거들었던 태진 씨한테도 알려 주려고 전화했고요. 김정연 작가가 우리 회사 딱 찍었대요. 장난 아니죠?

"축하드려요."

—이번에 캐스팅 제대로 하면 완전 인정받고 일 막 들어올 듯 싶어요!

꽤 오랜만에 하는 통화였음에도 전혀 불편함이 없었다. 그러다 보니 생각하던 것을 질문하기도 편했다.

"캐스팅할 배우 목록도 있어요?"

─그게 더 대박! 우리한테 완전 일임했어요. 우리 안목 믿는다면서! 그래서 지금 다들 난리도 아니에요. 여배우들 스케줄 확인하고 조인하고 다들 엄청 바빠요. 물론 나도 바쁘고요! 절대 한가해서 이렇게 연락하는 거 아니에요. 그냥 같이 일했었으니까 같이 기뻐하면 좋을 거 같아서 연락한 거예요.

"감사해요. 그런데 어떤 배우 생각하고 계신지 알 수 있어요?"

─톱급 배우들 대부분이죠. 문제는 외모도 뛰어나고 연기도 잘하는 배우가 몇 없다는 점이고요. 거기다 그런 배우들 중에 쉬고 있는 배우는 더 없고요.

확실한 대답을 듣진 못했지만, 아마 캐스팅 목록에 채이주는 없는 모양이었다. 만약 채이주가 있었다면 같은 회사였기에 자신보다 먼저 연락을 받았을 것이었다. 태진은 채이주를 잠깐 보고선 조심스럽게 입을 열었다.

"제가 한 명 추천해 드려도 될까요?"

─태진 씨가요? 누군데! 내가 태진 씨 안목은 또 누구보다 잘 알지!

"채이주 씨요."

옆에서 듣고 있던 채이주는 깜짝 놀랐다. 태진이 전화하는 상대방이 회사 직원이라는 건 통화 내용을 통해 파악했다. 그리고 강은수의 얘기가 나온 걸 봐서는 그와 관련된 일이었다. 그래서 혹시 자신의 이름이 나오지 않을까 기대하며 듣던 중이었는데 태진의 입에서 자신을 추천한다는 직접적인 말을 들으니 놀랄 수밖에 없었다. 그래도 내심 기대도 되었기에 양손을 꼭 쥔 채 태진을 뚫어져라 쳐다봤다.

—채이주 씨요……? 우리도 리스트에 올려놓긴 했었는데… 아무래도 배역하고 좀 맞지 않는다고 판단되더라고요. 아! 태진 씨 채이주 씨하고 같이 일하죠? 친해졌나 보네!

"그건 아니고요. 어떤 부분이……"

태진은 채이주를 한 번 쳐다봤다. 대충 예상을 하고 있는지 괜찮다는 듯 억지로 미소를 지었다. 그래서인지 굉장히 어색했고, 그 어색함이 태진의 마음을 건드렸다. 태진은 어디서 나온 자신감인지 자신을 믿으라는 듯 채이주를 보며 고개를 끄덕거렸다. 그러고는 다시 말을 이었다.

"어떤 부분이 그랬어요?"

—아무래도 연기죠. 김정연 작가님 작품이 가벼운 장면도 있지만 감정선으로 끌고 가는 경우도 많잖아요. 그래서 채이주는 좀 그렇죠. 친하다고 막 이런 거 얘기해 주고 그러면 안 돼요! 알죠? 괜히 곤란하게 만들면 나 화내요!

"옆에 있어요."

—아… 진짜! 그걸 옆에서 얘기하면 어떻게 해요. 스피커폰은 아니죠?

"그건 아니에요. 혹시 제가 영상을 보낼 테니까 그거 한번 봐주실 수 있으세요?"

─혹시 채이주 씨 영상이에요?

"네, 맞아요."

─아… 괜히 얘기했어! 사람 미안해지게 그런 걸 부탁하고 그래요!

"객관적으로 보고 판단해 주세요."

─하, 알았어요. 바로 보내요. 일단 내가 보고 괜찮으면 보고할게요. 그래도 되죠? 대신! 나중에 밥 사요! 나 비싼 거 먹어야지! 소고기!

기분 좋은 통화에 입꼬리가 약간 씰룩거린 태진은 바로 채이주를 바라봤다. 그러자 통화 내용을 들은 채이주가 민망한 표정으로 태진의 시선을 피했다. 자세히 듣고 싶었던 모양인지 머뭇거리면서도 직접 물어보긴 또 민망한 것 같았다.

"강은수 씨 역할 캐스팅 우리 회사에서 맡았다네요. 그래서 제가 채이주 씨 추천했어요."

"다 듣긴 했어요. 아무튼 고마워요."

"아직은 추천만 한 거예요."

"알아요……. 그런데 영상 보낸다고 했어요? 어떤 영상을 보낸다는 건지……."

"하영 씨 가르쳐 줄 때 했던 영상이요. 그거면 관심 보일 거같아요."

"……."

채이주는 이것저것 생각을 하는 듯 눈동자를 굴렸다. 그러고는 걱정이 된다는 표정으로 입을 열었다.

"아무래도 시간이 얼마 없겠죠?"
"저도 잘은 모르겠어요. 그래도 시간이 조금 있지 않을까요? 하차한다는 말은 아직 안 나왔잖아요."
"그래도 이렇게 알아보는 거 보면 거의 확정일걸요. 그럼 재촬영하고 그래야 돼서 최대한 빨리 대역을 구해야 될 거고요."
"아! 그렇군요."

신입이다 보니 아직 그런 일까지는 제대로 알지 못했다. 오히려 현장 경험이 많은 채이주가 더 잘 알고 있었다. 태진의 대답을 들은 채이주는 방금 전보다 더 불안해진 표정으로 태진을 봤다.

"혹시 진짜 몰랐어요……?".
"네, 몰랐어요."
"헐! 그럼 영상 보낸다는 건 어떻게 보낸다는 거예요? ETV 촬영 팀에 부탁해야 될 텐데. ETV에서 편집을 아직 안 했을 수도 있는 데다가 아직 방송도 안 한 걸 보내 줄 리도 없잖아요. 그렇다고 지금 촬영 중인데 갑자기 내 영상을 찍을 수도 없잖아요."

말을 하다 보니 채이주는 참가자들의 연기를 봐야 한다는 책임감과 캐스팅되기 위해서 영상을 빨리 보내야 된다는 조바심이 동시에 들었다. 어떻게 해야 하는지 판단이 서지 않는 모양이었다. 그 모습을 보던 태진은 조심스럽게 입을 열었다.

"안 그래도 그거 때문에 말씀드리려고 했어요."

"해결책이 있어요?"

"해결책이라기보다는 처음부터 전달하려고 생각한 게 제가 가지고 있는 영상이거든요."

"태진 씨가 영상을 가지고 있어요? 아! 연습실에서 찍었구나!"

"아니요. 그때는 찍은 적 없어요."

"그럼요? 혹시 우리 매니저가 찍어 둔 게 있어요?"

태진은 약간 민망했다. 하지만 지금은 필요했기에 망설일 수가 없었다.

"예전에 저하고 Sky톡 하실 때 영상을 녹화했어요."

"어? 아! 헉!"

"다른 의도가 있었던 건 아니고요. 그때 보셨던 동생이 팬이라고 녹화 좀 해 달라고 해서요."

"아……."

"전부는 아니고 중간중간 녹화한 게 있어요. 그리고 가장 잘했을 때도 있을 거예요."

"거예요는 뭐예요. 아무튼 한번 봐요."

채이주는 태진의 휴대폰을 향해 손을 내밀었다.

"여기에는 없고 집에 있어요."
"그럼 집에 가야 돼요?"
"동생한테 부탁하면 돼요. 잠시만요."

태진은 시간을 확인한 뒤 태은은 아마 학교에 있을 거라는 생각으로 태민에게 전화를 걸었다.

—어, 형.
"태민아, 형 방에 가서 컴퓨터 좀 켜 봐."
—무슨 자료 놓고 갔어? 중요한 거면 가져다줘?
"아니야. 그냥 거기 있는 파일 하나만 보내 주면 돼."
—알았어. 기다려 봐. 지금 부팅 중이야. 어, 됐다. 뭔데?
"아마 Sky톡 폴더에 있을 건데 그게 뭐냐면."
—아, 알아. 채이주랑 통화한 영상이지?
"어? 네가 어떻게 알아."
—태은이가 매일 보니까 알지. 이거 9개나 되는데 이거 다 메일로 보낸다?
"응, 바로 보내 줘. 고마워."

잠시 뒤, 휴대폰으로 메일을 확인하던 태진은 순간 휴대폰을 재킷 주머니에 넣어 버렸다.

"왜요? 왜 그래요?"

"아닌데요?"

"뭐가 '아닌데요?'예요! 지금 완전 수상해! 내 연기만 있는 거 아니죠!"

"맞는데요?"

"지금 말투도 완전 이상해! 초딩도 아니고! 그리고 태진 씨 만나고서 처음 보는 표정이고! 어, 어! 입 막 오물오물거리는데 지금! 막 이상한 거 찍어 놓고 그런 거 아니에요? 빨리 보여 줘요!"

"안 돼요."

"뭐가 안 돼요! 더 수상해. 내 초상권이니까 내가 확인해야겠어요."

채이주는 태진의 재킷에서 휴대폰을 빼내려 했고, 태진은 휴대폰을 꼭 쥔 채 놓지 않았다. 하지만 채이주의 의심이 점점 더 커져 가는 상황이었기에 안 보여 줄 수가 없었다. 잠시 채이주를 진정시키고는 다시 휴대폰을 꺼내며 말했다.

"잠시만요. 제가 파일 받아서 보여 드릴게……."

"지울 수도 있으니까 제가 볼게요!"

채이주는 태진의 휴대폰을 재빠르게 가로챘고, 곧바로 메일을 확인했다. 그 순간 태진은 고개를 숙이고 막내 태은을 원망했다.

'하얀태애으으은!'

아니나 다를까 첨부 파일을 본 채이주가 태진을 물끄러미 쳐다보더니 갑자기 피식거리며 웃었다.

"파일 이름이 이게 뭐예요. 왜 이렇게 길어요. '큰형과 형수의 러브 스토리1 부제 사랑의 시작'. 혹시 제가 형수예요?"
"그게… 아, 죄송합니다. 막냇동생이 장난친 모양이에요."
"이거 때문에 안 보여 주려고 그런 거예요? 난 또."
"기분 나쁘실까 봐."
"이런 걸로요? DM 열어 놓으면 결혼해 달라는 메시지를 수도 없이 받는데 이 정도는 귀엽죠. 제목이 좀 AV 같아서 그렇긴 하지만. 일단 봐요."

채이주는 태진의 휴대폰을 든 채 영상을 살피기 시작했고, 태진은 그런 채이주를 보며 멋쩍어했다. 그러고 보니 채이주에게 달린 댓글은 악플만 있는 것이 아니었다. 악플이 많이 달리는 만큼 팬도 그만큼 많았다. 물론 팬들도 연기를 칭찬하기보다는 채이주의 외모를 칭찬했지만.

그래도 아직 민망함이 가시지 않았기에 약간 떨어져 영상을 보는 채이주를 지켜봤다. 그런데 채이주가 자꾸 피식거리며 웃었다. 저렇게 웃을 만한 영상이 아니었기에 궁금한 마음에 슬금슬금 옆으로 이동했다.

"아… 한태은 진짜……."

"왜요? 동생이 재밌는데요. 첫 연애 하는 우리 형이 사랑에 아파하지 않았으면 한다는데요? 형수가 그렇게 해 줄 거라고 믿는대요. 크크. 그래도 자막까지 넣어 놔서 이건 안 되겠고. 혹시 다 자막 있는 건 아니죠?"

녹화해 달라고 할 때부터 알아봤어야 했는데 그동안 너무 바쁜 나머지 확인을 못 한 자신의 잘못이었다. 태진은 혹시 모든 영상에 자막을 달아 둔 건 아닐까 걱정하며 하나하나 살폈다. 걱정대로 거의 모든 영상에 자막이 달려 있었다. 하지만 마지막 영상만큼은 다행히 자막이 없었다.

"이건 제목이 다른데요? '울지 마 형수, 내가 있잖아'래요. 제목 진짜 못 짓는다! AV 같아!"

그 영상은 태진이 따라 할 수 없을 것 같다는 생각을 가진, 채이주의 연기가 최고일 때의 영상이었다. 아마 태은도 영상을 보고 건드리고 싶지 않았던 모양이었다. 태진이 그나마 다행이라는 생각으로 가슴을 쓸어내릴 때, 채이주가 신기하다는 듯 고개를 갸웃거렸다.

"지금 보니까 태진 씨 최정식 선배님 느낌 나는데요? 누가 보면 최정식 선배님하고 통화한 줄 알겠어요."

그때 당시 두통이 있었기에 아마 최정식이 보더라도 자신이 한 건가 착각할 정도로 연기가 비슷하게 나왔다. 덕분에 채이주의 연기도 이렇게까지 나온 것이었다. 태진은 서둘러 마지막 파일을 다른 이름으로 저장하고는 곧바로 수잔에게 보냈다. 그리고 수잔에게 다시 전화가 걸려 오기까지는 채 몇 분도 걸리지 않았다.

*　　　　*　　　　*

참가자들의 뮤직비디오 촬영은 큰 문제 없이 마무리되었다. 이제는 편집 작업이 진행 중이었고, 참가자들은 오랜만에 가족을 만나는 시간을 갖게 되었다. 물론 그 모습도 담기 위해 카메라가 동행하겠지만, 오랜만의 휴식에 모두가 기쁜 마음으로 각자의 집으로 돌아갔다.

그런데 카메라까지 꺼져 있는 연습실에 불이 켜져 있었다.

"필 씨, 정말 감사해요. 무리한 부탁인데도 들어주셔서 감사합니다. 태진 씨, 잘 부탁드려요!"

채이주와 태진, 그리고 필이 함께하고 있었고, 채이주는 연신 감사 인사를, 태진은 둘 사이에서 대화를 통역하는 중이었다. 태진이 라온의 일도 맡고 있는 터라 바빴기에 곽이정이 다른 통역을 붙여 준다고 했음에도 필이 태진을 고집해 자리하고 있었다.

물론 태진도 채이주의 연기가 궁금했기에 흔쾌히 수락했다. 채이주도 그걸 알고 있기에 두 사람에게 고마워하고 있었다. 채이주의 감사 인사에 필이 미소를 지으며 웃었다.

"어차피 약속이 있어서 나와야 했어요. 친구가 격리 끝나고 이제야 돌아다닐 수 있게 됐거든요."
"아! 미국에서 온 친구분이세요?"
"그렇죠. 아무튼 시간이 별로 없으니까 일단 한번 보죠."
"여기요!"

채이주는 드라마의 대본 일부분을 필에게 넘겨주었다. 바로 어제 4팀에게 받은 대본이었다. 4팀으로부터 멀티박스에 정식으로 채이주로 오디션 제안을 하겠다는 답을 받았고, 지금은 그 오디션 준비를 하는 중이었다. 채이주 말고 다른 배우도 함께 추천한다는 말에 같은 회사로서 약간 서운한 마음도 들었지만, 생각해 보니 그 편이 더 나을 것 같았다. 객관적인 오디션으로 합격한다면 혹시라도 나중에 생길 수 있는 잡음에 대처할 수 있었다. 다만 문제는 멀티박스의 사정상 오디션이 바로 내일이라는 점이었다.

대본을 받은 필은 웃으며 태진에게 다시 건네주었다. 태진은 이미 채이주와 함께 많이 읽어 본 상태였다.

"이게 그 드라마인가요? 태진이 좀 알려 줄래요?"
"전체적인 내용은 평행 세계를 관리하는 신들이 나오는 얘기예요. 주인공 신이 실수로 평행 세계를 뒤틀리게 만들었는데 그걸로 인해 일부 사람들에게 능력이 생기게 돼요. 신은 그 능력을 회수하러 다니는 내용이고요."

"음, 판타지군요. 그럼 주인공이 빌런인데요?"

"대본을 보지 못해서 잘 모르겠는데 아마도 빌런이나 그런 건 아닐 거예요. 한국 드라마에서는 주인공이 그런 적이 없거든요. 아마도 이유가 있어서 일부러 차원을 뒤틀리게 한 건 아닐까 하네요."

"음, 그건 내 관할이 아니니까 그러려니 하죠. 그래서 어떤 역할, 어떤 부분이죠?"

"여주인공이 여행 회사 직원이라서 새로운 여행 장소를 알아보는 중에 사고를 당하게 돼요. 그때, 자신의 능력을 발견하게 되는 거죠. 사람을 치유할 수 있는 능력이 있어요. 그래서 주인공 신의 동료인 다른 신한테 그게 발각돼서 능력을 회수하려고 하는 그런 장면이에요."

이미 태진이 어떤 전개가 될 거라고 예상한 걸 다 들었던 채이주는 태진과 필의 대화를 조금이라도 알아들어 보려고 눈을 반짝거렸다.

"그럼 명상부터 해 볼까요."

필이 시작하려고 할 때, 태진에게서 말을 전해 들은 채이주가 입을 급하게 열었다.

"배경이 미국 오클라호마시의 한 코미디 클럽 앞이라고 설정이 된 상태예요. 그래서 가 본 적은 없지만 일단 인터넷으로 비슷한 지역 구상은 해 봤어요. 전 동료하고 그 코미디 클럽에 여행객들을 데리고 들어갈 수 있는지 알아보려 조인하는 중이었고요."

"디테일한 구성은 다 끝났다, 이 말이군요."

"네! 이제 갑자기 그 지역 갱들끼리 총격전이 벌어지게 되고, 거기에 휘말리게 되면서 동료가 총에 맞아요."

"그래요. 그럼 어디 한번 볼까요?"

채이주는 긴장이 되는지 손을 주무르며 긴장을 풀었다. 그러고는 준비가 됐다는 듯 고개를 끄덕거리더니 숨어 있는 것처럼 쪼그려 앉았다. 원래는 차에 탄 채 조수석 밑에 숨는 것이지만, 차가 없기에 저런 모습을 한 모양이었다.

"괜찮아요! 괜찮을 거예요! 우리 괜찮을 거예요! 아무 일 없이 넘어갈 거니까 그만 울어요! 우리 엄마가 난 오래 살 거라고 그랬거든요!"

채이주는 아무도 없는 데도 마치 옆에 사람이 있는 것처럼 끌어안은 채 토닥거리는 시늉을 했다. 혼자 열연을 펼치는 중이었고, 태진은 그 연기가 마음에 들지 않았다. 확실히 채이주는 상대방 역이 필요했고, 그 상대방도 연기를 잘해야지 그녀의 연기도 올라가는 배우였다. 태진은 아무래도 자신이 도와주는 게 나을 거란 생각에 말없이 채이주의 옆에 쪼그려 앉았다. 이미 대사는 다 알고 있었기에.

"우리 엄마가 분명히 그랬다니까요! 그러니까 나하고 같이 있는 이상 과장님도 오래 살 거예요."

"으아아! 안 돼, 안 돼! 왜 나한테 이런 일이 생기는 거야. 흐흐흑."

"내가 약속해요! 어, 어어! 시동 켜지 말라니까! 그냥 죽은 듯이 있어요! 곧 경찰 오니까! 과장님!"

"으아아악!"

"어……?"

"어어……? 나 총 맞은 거 같은데……? 나 죽는 거냐?"

"과장님! 죽긴 뭘 죽어요!"

"이거, 내 배에 뜨끈뜨끈한 거, 피 맞지……?"

"피 조금밖에 안 나요. 보지 말고 그냥 있어요!"

유명한 조연 배우를 흉내 내면서 채이주를 돕고 있어서인지 채이주의 연기도 아까보다는 훨씬 괜찮아졌다.

"별아, 나 죽으면 진희한테 정말 사랑했다고, 그리고 미안하다고 전해 줘라."

"그런 말은 직접 하든가요! 조금만 참아요! 과장님! 과장님! 이승준!"

태진은 축 늘어진 채 눈을 감고 있었고, 채이주는 그런 태진의 배를 꼭 누른 채 계속 '과장님'을 소리쳐 불렀다. 그때, 과장에게 전화가 왔는지 채이주가 태진의 주머니에서 휴대폰을 꺼냈다. 그러고는 지금 상황에 어떻게 해야 되는지 판단이 서지 않는 듯 꼭 쥔 휴대폰을 머리에 박는 시늉을 했다. 그러고는 큰 숨과 함께 머리를 쓸어 올리고는 전화를 받았다.

"아, 사모님! 아! 지금 과장님이 화장실 가셨어요! 배가 아프시다고."

통화를 하는 와중에도 채이주는 태진의 배에서 손을 떼지 않았다. 표정은 무척 급박했는데 통화는 차분히 이어 나갔다. 그때, 상대방이 어떤 대사를 했는지 채이주가 무척이나 당황한 표정으로 변했다. 그러고는 태진을 안쓰럽게 쳐다보고서는 잠시 눈을 감았다.

"제가 꼭 반드시 연락하라고 전해 드릴게요! 네, 네, 몸조리 잘하세요!"

휴대폰을 뒤로 던진 채이주는 태진의 뺨을 때리기 시작했다.

"눈 떠요! 눈 떠! 과장님 아기가 지금 딸기 먹고 싶다잖아요! 아기 얼굴도 안 보고 죽고 싶어요? 눈 뜨라고요! 눈 떠서 한국

갈 때 딸기 사 간다고 그런 말이라도 하라고요! 제발!"

여기서부터 주인공의 능력이 발휘가 되는 순간이었다. 채이주의 눈이 부릅뜬 것처럼 커지더니 화들짝 놀라며 태진의 배에 얹어 놨던 손을 떼어 냈다. 그러곤 자신의 손을 쳐다봤다.

"으……."
"어! 어! 과장님! 정신이 들어요? 조금만 참아요! 이제 앰불런스 올 거예요!"

자신이 뭔가 잘못 본 거라고 생각한 채이주는 다시 태진의 배에 손을 댔고, 그 순간 다시 능력이 발휘되는지 손을 또다시 떼었다. 그렇게 배에 손을 올렸다 뗐다를 반복하던 순간에 태진이 적절하게 신음 소리를 내었다.

"아… 배 아퍼……."

그 대사가 대본의 끝이었고, 채이주가 태진의 배와 자신의 손을 번갈아 쳐다보더니 손을 눈앞에 가져가 멍한 표정으로 쥐었다 폈다를 반복하는 모습으로 연기도 끝이 났다. 채이주는 자신의 연기가 약간 아쉬운 듯한 표정이었고, 태진은 약간 놀랐다. 딱히 흉내 낼 대상이 없었기에 조금 아쉽게 상대역을 했음에도 채이주의 연기가 예상보다 훨씬 괜찮게 느껴졌다. 그때, 필이 웃으며 박수를 보냈다.

"좋은데요? 상황에 빠져드는 것이 전보다 확실히 늘었군요."

"가르쳐 주신 대로 상대역까지 상상했어요."

"내가 가르쳐 주다니요. 참가자들을 가르쳤지, 채이주 씨를 가르치진 않았죠."

채이주에게는 참가자들과 함께 배우는 시간이었다. 그리고 확실히 연기가 느는 게 느껴졌다. 다만 상상하는 상대역이 계속 같은 사람밖에 생각나지 않는다는 것이 문제였지만.

"아무튼 크게 바뀔 부분은 없어 보이는군요. 다만 몇 가지 디테일을 다시 생각해 보는 게 좋을 거 같아요."

채이주는 눈을 반짝거리며 필의 말에 집중했다.

"아까 했던 손동작은 마치 지혈을 하려고 누르는 모습이더군요. 보통 사람이라면 손을 대기도 힘들 것 같은데요."

"아! 캐릭터가 아버지는 누군지도 모르고 어머니는 일찍 돌아가셨거든요. 그래서 혼자 살아가느라고 강해진 그런 설정이에요."

"그래요. 그런데 무슨 의사나 간호사는 아니죠?"

"그렇죠."

"그런데 지혈하려고 누르는 건 이상하지 않나요? 가뜩이나 한국이면 총기 소지도 안 되는 나라라서 이런 경험이 없을 텐데요. 내 생각에는 흐르는 피를 주워 담으려고 양손을 모으는 게 더 오히려 더 실제 같은 느낌을 줄 거 같기도 하고요. 처음 겪는 총격전에서 베테랑 같은 모습을 보이기보다는 약간 어설픈 모습이 더 나을 것 같네요."

확실히 작은 디테일까지도 신경을 쓰는 모습에 채이주는 동의하듯 고개를 끄덕거렸다. 그렇게 하나하나 연기 지도가 한참이나 이뤄질 때, 필의 휴대폰이 울렸다.

"아! 시간을 못 봤네."

난감한 표정으로 전화를 받은 필이 상대방에게 사과를 하는 듯 보였다. 그러던 와중 필이 갑자기 태진을 보더니 질문을 했다.

"내가 약속 장소까지 가기에는 시간이 걸릴 거 같다니까 이쪽으로 온다고 하는데 오늘 약속한 친구를 이쪽으로 오라고 해도 될까요?"

태진은 아무런 권한도 없었지만, 회사의 중요한 손님인 필의 지인이었기에 큰 문제가 될 것 같지 않았다.

"네, 그렇게 하세요. 아니면 제가 약속 장소까지 픽업해 드려도 됩니다."
"괜찮아요. 오라고 하면 됩니다."

다시 통화를 하던 필은 사과하던 좀 전과 달리 웃으며 통화를 마쳤다.

"시간이 더 생겼네요. 그럼 좀 더 만져 볼까요?"

채이주는 몇 번이나 계속해서 연기를 펼쳤고, 필은 아주 작은 부분까지 신경 쓰며 더 좋은 방향을 제시했다. 그렇게 시간이 한참 지났을 때 또다시 필의 전화가 울렸다.

"MfB 건물에 들어왔다고? 지하 1층으로 오면 돼. 아, 출입 카드. 기다려, 내가 가지."

필이 이제 그만 가야 할 시간이 되자 채이주의 표정에 아쉬움이 묻어 나왔다. 그런 채이주를 보던 태진은 조금이라도 더 시간을 주기 위해서 급하게 입을 열었다.

"마무리하는 동안 제가 모셔 올게요."
"아닙니다. 내가 가죠. 일단 데려와서 잠깐 기다리라고 하고 마무리하죠."
"제가 다녀올게요."
"태진이 가면 나하고 채이주 씨는 대화가 안 되는데?"
"아!"

필은 웃으며 태진과 채이주에게 앉아서 기다리라는 듯 의자를 가리켰다. 그러고는 곧바로 연습실을 나섰다. 의자에 앉아서 잠시 휴식을 취하는 동안 채이주가 먼저 입을 열었다.

"에구, 괜히 제가 시간 뺏는 거 같아서 미안해지네요."
"괜찮을 거예요. 재미있어하시는 거 같은데요."
"그럼 다행인데 저 때문에 약속도 못 지키고 그런 거 같아서요. 그래도… 부탁하길 잘한 거 같다는 생각도 들어요. 웃기죠?"

필의 가르침이 만족스러운 모양이었다. 점점 연기를 재미있어하는 채이주의 모습에 태진은 뿌듯함마저 들었다. 그때, 연습실 문이 열리면서 외국인 여자아이가 고개를 내밀었다. 그 모습을 본 채이주는 태진에게 조용하게 속삭였다.

"어? 필 씨가 약속한 사람이 저 아이인가? 아! 혹시 딸인가 봐요!"
"전에 1팀에서 필 씨 정보 봤을 때 미혼으로 봤는데……."

그때, 고개를 내밀고 있던 아이가 고개를 빼더니 갑자기 소리쳤다.

"대디! 없잖아!"

그와 동시에 연습실 문이 활짝 열리더니 필이 들어왔다. 그리고 필의 뒤에 어디선가 본 적이 있는 외국인이 따라 들어오고 있었다.

"어……?"

제6장

뜻밖의 만남

태진은 들어오는 사람이 누군지 단번에 알아차렸다. 자신이 봤던 수많은 영화와 드라마에 출연한 사람인 데다가 뛰어난 연기로 흉내 낼 엄두도 내지 못하게 했던 배우였다. 게다가 얼마 전 우연찮게 통화까지 했던 사람, 바로 빌 러셀이었다.

"빌 러셀!"

누군지 못 알아봤던 채이주도 그제야 알아차렸다. 태진과 마찬가지로 놀랐는지 자신도 모르게 태진의 팔을 툭툭 쳤다.

"진짜 빌 러셀이죠? 내가 아는 빌 러셀 맞죠⋯⋯?"
"맞는 거 같아요."

"빌 러셀이 왜 여기에 있어요? 필 씨 만나러 온 거예요? 만나러 올 정도로 친하다고요?"

"촬영차 한국에 온 김에 필 씨 만나러 온 거 같은데요."

"촬영이요?"

"빌 러셀 씨도 신을 품은 별에 출연해요."

"네……?"

태진은 걸어 들어오는 빌 러셀을 멍하니 지켜봤고, 채이주는 자신이 잘못 들었는지 눈을 깜빡거리며 다시 물었다.

"내가 오디션 보는 그 드라마 말하는 거 맞아요?"

"맞을 거예요. 전에 저 3팀에 있을 때 빌 러셀 씨가 오디션 봤었거든요."

"무슨 소리예요! 주연은 배진성이잖아요. 혹시 배진성 선배도 잘렸어요?"

"아니요. 빌 러셀 씨는 조연이에요. 카메오 같은 조연."

"네……?"

"아마 기사 나오고 있을 거예요."

그사이 필이 빌 러셀과 그의 딸을 데리고 태진에게 다가왔다.

"이쪽은 한국의 배우 채이주 씨, 그리고 날 도와주고 있는 태진. 이쪽은 빌 러셀! 그리고 이 친구 딸 에이바."

간단한 소개로 인사를 시켜 주었다. 태진은 TV로만 보던 배우와 악수를 하게 되자 느낌이 굉장히 묘했다. 채이주와는 일로 만나서 그런지 이런 느낌이 없었는데 빌 러셀이 앞에 있자 마치 자신이 TV에 들어가 있는 것 같은 느낌이었다.

"잠깐만 기다려. 지금 하던 게 있어서 마무리만 하고 가지."

채이주는 침을 꿀꺽 삼켰다. 세계적인 배우를 기다리게 한다는 이유도 있었지만, 저 사람이 지켜보는 가운데 연기를 해야 된다고 생각하자 엄청난 부담감이 몰려왔다. 그래도 사람들 앞에서 연기를 해 봤던 그녀니 마인드 컨트롤을 하며 안정을 찾으려 했지만, 부담감은 쉽게 사라지지 않았다.

반면 태진은 배우가 아닌 탓에 잘할 필요가 없어서인지 채이주와 달리 부담감이 심하진 않았다. 부담감이 물론 있긴 있었지만, 채이주만큼은 아니었다. 태진은 연기보다 그저 빌 러셀과 같이 있다는 것이 마냥 신기했다. 그때, 필이 웃으며 다시 연기를 해 보자고 말했고, 태진은 어쩔 수 없이 살짝 긴장한 채로 채이주의 상대역을 해야 했다.

"내가 약속해요! 어, 어어! 시동 켜지 말라니까! 그냥 죽은 듯이 있어요! 곧 경찰 오니까! 과장님!"
"으아아악!"

처음보다는 못한 연기였지만, 태진이 원래 했던 대로의 연기로 도와준 덕분에 못 볼 정도는 아니었다. 필도 채이주가 느낄 부담 감을 알고 있었는지 잘했다는 듯 OK 사인을 보냈다. 그때, 뒤에 있던 빌 러셀이 일어나 다가오며 갑자기 입을 열었다.

"하아, 드디어 찾았어. 리스트에는 없는 이름인데? 내 구역이 아닌가 보네. 아, 곤란한데. 그래도 뭐 일단 회수는 해야겠지. 어우, 피범벅!"

무슨 얘기를 하는 건지 갑자기 채이주를 보며 말을 했다. 그러고는 갑자기 채이주의 손을 덥석 잡더니 몸을 떨었다.

"가만 좀 있어 봐요! 나도 피 묻은 손 붙잡기 싫어요! 아, 좀! 금방 끝나니까 가만있으라니까 꼭 힘을 쓰게 만들어… 어? 뭐야… 당신, 뭐야!"
"네?"

갑자기 소리를 지르는 탓에 채이주는 한국말로 대답을 해 버렸고, 어떻게 된 건지 묻는 얼굴로 태진을 봤다. 그러자 빌 러셀이 이가 다 보이도록 웃으며 설명했다.

"내가 처음 등장하는 신이랑 연결되는 신이라서요. 나도 끼어 들어 봤어요."

계속 멍한 얼굴로 있는 채이주에게 태진은 곧바로 사정을 설명했다.

"카메오라는 게… 방금 저거라고요?"
"네, 오디션을 봤다고만 들었는데 그런가 봐요."
"그런데 진짜 빌 러셀이 왜……?"
"저도 그 이유는 잘 몰라요. 작품이 마음에 드셨나 봐요."

채이주는 멍한 표정으로 빌 러셀을 쳐다봤다. 그것도 잠시, 빌 러셀이 직접 선택한 작품이라는 말이 떠오르자 반드시 오디션에 합격하고 싶다는 의지가 생겼다. 채이주가 그런 의지를 다지는 사이 영어를 못하는 그녀 대신 태진과 빌 러셀 사이에 대화가 이뤄지기 시작했다.

"듣기로는 배우가 교체된다고 하는데 이분이신가요?"
"확정은 아닙니다. 역할을 맡으려고 오디션 준비 중이십니다."
"그렇군요. 그래도 잘됐군요. 나도 좀 껴서 연습할 수 있을까요? 나하고 바로 연결되는 신이라 저분도 도움이 될 텐데."

태진은 채이주에게 설명해 주지도 않고 고민했다. 상대방에 따라 연기가 달라지는 채이주였기에 빌 러셀과 호흡을 맞춘다면 꽤 괜찮은 연기를 보여 줄 것 같았다. 다만 채이주가 받은 대본에는 뒷부분이 없었다. 그렇다고 빌 러셀에게 대본을 보여 달라고 하는 것도 이상했다. 잠시 고민하던 태진은 결정했다는 듯 고개를 끄덕거렸다.

"저희야 영광이죠. 그런데 연습하셔도 괜찮으신지."

"아, 딸이요? 오히려 이런 걸 좋아해요. K팝을 더 좋아하긴 하는데 K드라마도 좋아해요."

"아, 그럼 다행입니다. 그럼 잠시만 기다려 주세요. 채이주 씨한테 설명을 해야 해서요."

"그래요. 음… 그런데 우리 어디서 만난 적 있나요? 내가 사람 얼굴을 잘 기억 못 해서 그런데, 뭔가 익숙한데……. 영국에서 봤나요?"

그때, 대화를 듣던 필이 마구 웃으며 대화에 끼어들었다.

"영국 신사 영어 써서 그렇게 들리지."

"그런가? 어? 아! 여기 MfB지! 나하고 전화할 때도 이 목소리 였던 거 같은데? 어? 아닌가?"

"무슨 말을 하고 있는 거야."

"굉장히 독특해서 기억에 남아서 그래. 영국 귀족하고 통화하는 느낌이었거든. 지금처럼."

태진은 자신을 알아본 듯한 모습에 멋쩍어하며 말했다.

"제가 맞습니다. 그때는 빌 러셀 씨인지 모르고 통화했습니다."

"맞죠? 영국인? 와! 난 지금까지 진짜 영국 사람인 줄 알았네.

아무튼 이렇게 만나니까 엄청 반갑네. 덕분에 나 오디션 붙어서 한국까지 왔어요. 하하하."

빌 러셀이 또다시 손을 내밀어 서로 악수를 했고, 이제는 가볍게 포옹까지 했다. 그러자 필이 어리둥절한 모습으로 물었다.

"그게 무슨 말이야?"
"내가 꿈을 꾸는 이상 기회는 항상 곁에 있는 거라고 했었지?"
"그렇지. 그래서 내가 여기에 있는 거고."
"그게 실은 이분한테 들은 얘기거든."
"뭐……? 어쩐지 네가 그런 말을… 아!"

필은 태진과 처음 만났을 때 저런 얘기를 했었던 기억이 떠올랐다.

"그래서 빌 러셀이라고 단번에 알았구나! 이제 그림이 맞춰지네!"
"푸하하. 그 말이 다른 사람한테 써먹을 정도로 그렇게 인상적이었어?"
"그게 아니라! 여기 온 이유를 설명하다가 한 말이지."

두 친구의 대화 중심에 태진이 있었다. 태진은 약간 난감했기에 더 이상 오해를 하지 않도록 두 사람의 대화에 끼어들었다.

"그 말이 사실 드라마에 나온 대사예요. '젠틀'이라는 영국 드라마요."

두 사람은 흠칫 놀라며 서로를 봤다. 먼저 입을 연 사람은 필이었다.

"나 말고 또 다른 데다가 네 신념인 양 말한 건 아니지?"
"하… 다행이다."
"뭐가 다행이야."
"이따 저녁에 잡힌 인터뷰 때 하려고 했었는데."
"하지 마라. 할 거면 드라마 언급하고 하든가."
"아, 쪽팔릴 뻔했네. 그래서, '젠틀'이라고 그랬던가?"
"그냥 언급을 하지 마."

꿈을 꾸는 이상 기회는 항상 곁에 있다는 말이 굉장히 마음에 든 모양이었다. 태진은 두 사람이 안도하며 대화를 나누는 모습을 뒤로하고 꿔다 놓은 보릿자루처럼 있는 채이주를 봤다.

"빌 러셀 씨가 같이 연습하고 싶다네요. 지금 연습하는 장면 다음 연결 신이 빌 러셀 씨 첫 등장이니 서로 도움이 될 것 같대요."
"그래요……? 어? 근데 난 대사 모르는데 어떻게 해요? 대본 있어요?"

대본이 있을 리가 없었기에 태진은 고개를 저었다.

"대사가 정확하진 않지만 대략적인 느낌은 알 거 같아요."

"뭘 어떻게 알아요?"

"아까 빌 러셀씨가 잠깐 연기를 했잖아요. 그걸 보면 유추할 수 있어요. 아마 빌 러셀 씨 역할이 주인공 일행일 거예요. 그래서 채이주 씨가 능력을 썼을 때 발견하고 회수해 가려는 거 같거든요. 그리고 채이주 씨는 반항을 하는 거고요."

채이주는 태진의 말을 집중해서 듣기 시작했고, 태진은 자신이 추측한 장면을 최대한 세세하게 풀어 놓았다. 대본을 보지 않은 이상 틀릴 수도 있지만, 그래도 빌 러셀과 연기할 수 있는 기회를 놓치는 것보다는 나았다.

"아마도 총격 사건으로 여전히 놀란 상태에서 빌 러셀을 만나 당황하는 모습을 보여 주면 될 거예요. 그렇다고 위축되는 건 아니고, 주인공 캐릭터의 성격이 강하고 당찬 그런 모습이니까 손을 빼면서 약간의 화를 내는 게 좋겠어요. 조금 재밌게 놀라면서 때리려고 하는 것처럼 하는 것도 좋을 거 같아요."

태진의 설명을 들은 채이주는 고개를 끄덕거리다 말고 태진을 봤다.

"방금 전에 얘기한 게 이거였어요?"

"네? 아, 네. 비슷한 얘기였어요."

"아… 나도 영어 공부 해야 되는데."

"하시는 게 좋아요. 이번 주인공이 영어 잘하는 역할이라서요. 아무튼 지금 대사는 따로 할 필요 없을 거 같아요. 한다면 뭐 '왜 이래요?', '당신 뭐야?' 정도?"

"What are you doing now? 정도면 돼요? 교과서에나 나오는 영어 같아서 이상해요……? 손 놓라는 어떻게 해요……?"

"'Let go of my hand'인데 그냥 한국어로 하세요. 대사보다는 표정에 좀 더 신경 쓰시는 게 좋을 거 같아요. '별' 캐릭터가 지금은 놀란 상태라고 해도 기본적으로 강단이 있는 캐릭터라서 그걸 보여 주는 게 좋겠어요. 코미디 영화에서 나오는 장면들처럼요."

"네……? 그럼 안 되는 거 아니에요?"

"김정연 작가님 작품 중에 캐릭터 첫 등장 신에서 대부분 유쾌한 장면으로 등장하는 경우가 많거든요. 주연 말고 조연의 경우. 그런데 빌 러셀 씨는 조연이니까 그렇게 등장할 거 같아서요."

"그래요……? 그럼 한번 믿어 볼게요!"

채이주도 빌 러셀과 하는 연기를 기회라고 생각했는지 눈을 감았다. 아마 필이 가르쳐 준 대로 세세하게 설정을 하려고 하는 모양이었다. 잠시 뒤, 채이주가 준비가 됐는지 눈을 떴고, 태진은 곧바로 빌 러셀에게 시작해도 되겠냐고 물었다. 빌 러셀은 별다른 준비 없이 수락했다.

그렇게 다시 연기가 시작되었고, 태진은 또다시 채이주의 상대역을 해 주었고, 필은 손바닥을 부딪혀 신이 바뀐다는 걸 알리는 역할을 자처하고 나섰다.

짝!

"가만 좀 있어 봐요!"
"당신 뭐야!"
"쉿! 나도 피 묻은 손 붙잡기 싫어요!"
"놔요! 뭐 하는 거예요! 미친놈인가 봐! 어우, 씨!"

시키지도 않은 대사를 뱉는 모습에 지켜보던 태진은 약간 당황했다. 하지만 채이주가 잡은 캐릭터 설정이 나쁘게 보이진 않았다. 상대하는 빌 러셀도 무슨 말인지 알아듣지도 못하면서 채이주의 표정만으로 연기를 이어 나가는 걸 보면 꽤 마음에 든 모양이었다.

"아, 좀! 금방 끝나니까 가만있으라니까 꼭 힘을 쓰게 만들어."
"뭐라는 거야! 손 놔요!"
"어? 뭐야… 당신, 뭐야!"

빌 러셀은 채이주의 손을 뚫어져라 쳐다봤고, 채이주도 자신의 손을 뚫어져라 쳐다보는 것으로 연기를 마무리했다. 무척 짧은 장면이었지만, 둘의 호흡이 잘 맞아 재미있는 장면이 나올 것 같았다. 연기를 마친 빌 러셀은 재미있다는 듯 피식거리며 웃었다.

"내가 생각했던 거랑 좀 다른 느낌인데… 이게 더 좋은 거 같은데? 원래는 이 장면이 좀 진지한 장면인데 이렇게 하니까 좀 재미있어 보이고 캐릭도 더 잘 살고. 이것도 괜찮네. 아, 확실히 한국 드라마가 재미가 있단 말이야. 그렇지, 에이바?"

빌 러셀은 뒤에 있던 딸에게 말을 걸었고, 가만히 앉아서 지켜보던 딸은 시큰둥한 표정으로 대답을 했다.

"나 또 속았어! 여기에 K스타들 많다며!"
"속이다니! 아빠도 여기 필한테 속은 거야! 필이 많다고 했어!"
"됐어. 빨리 밥이나 먹으러 가자! 떡볶이 먹어 보고 싶단 말이야."

필은 억울했지만, 빌 러셀을 위해 딱히 변명을 하진 않았다. 유명한 한류 스타까지는 아니었지만, 그래도 출연한 작품들이 해외로 진출했던 채이주가 알아들었다면 약간 서운했을 수도 있었다. 하지만 무슨 말인지 못 알아들었는지 그냥 에이바를 향해 손을 흔들고 있었다. 그때, 필이 채이주와 태진에게 말을 걸었다.

"같이 식사할까요? 아무래도 떡볶이? 그거 먹으러 갈 거 같은데요."

채이주는 같이 가고 싶은 표정으로 태진을 쳐다봤다. 아무래도 태진이 있어야 통역이 되다 보니 혼자서는 가 봐야 아무런 말도 못 하고 올 게 분명했다. 태진도 채이주의 눈빛을 느꼈는지 대답하려 할 때, 태진의 휴대폰이 울렸다.

번호를 확인하니 라온의 이강유 PD였다. 일단 전화부터 받고 일행에게 양해를 구하는 게 낫겠다는 생각에 전화를 받아 다시 연락을 하겠다고 알렸다. 그러고는 필에게 사정을 설명했다.

"전 못 갈 거 같아요."

"왜요? 밥은 먹어야죠."

"일이 있어서요."

"음? 태진 일이 나하고 같이 있는 거 아니에요? 내가 여유 있게 하려고 일부러 태진 찍은 건데."

라온에서 일을 맡겼다는 걸 알릴 필요가 없다 보니 필은 그 일을 모르고 있었다.

"업무가 좀 있어서요."

"아쉽네. 알았어요. 그럼 우리끼리 가죠."

필은 채이주에게 손짓을 하며 같이 가자고 했지만, 채이주는 태진이 없는 이상 불편한 자리가 될 것이 뻔했기에 거절했다. 하지만 함께 가고 싶은 마음은 사라지지 않는 표정이었다.

"저도 오디션 준비를 해야 해서 못 갈 거 같다고 전해 주세요."

"가서도 되는데. 필 씨 이동하실 때 저 말고 다른 통역분 계세요."

"그래도 불편하죠."

채이주가 아쉬워한다고 같이 가 줄 수는 없었다. 미안한 마음은 들었지만 기다리고 있는 라온의 입장도 있었다. 태진이 필에게 사정을 설명하자 필은 더 이상 권유하지 않고 알았다는 듯이 빌 러셀에게 설명한 뒤 짐을 챙겼다. 그 모습을 보던 채이주는 여전히 미련이 남는지 태진에게 말을 걸었다.

"그런데 그렇게 바빠요? 배고프지 않아요?"

"아, 라온 쪽 일을 하나 맡아서요."

"어? 라온이면 우리 Solo 불러 준 은수 씨 있는 곳이잖아요. 혹시 은수 씨 일이에요?"

"네. 자세히 말씀드릴 순 없는데 다즐링하고 관련된 일이에요."

"다즐링이요? 아! Y튜브에서 곧 천만 조회수 넘긴다고 들었어요!"

순간 연습실을 나가려던 빌 러셀과 그의 딸의 발이 멈췄다. 그리고는 빌 러셀이 갑자기 태진에게 성큼성큼 다가왔다.

"다즐링? 지금 얘기하는 다즐링이 K POP 그룹 다즐링인가
요?"

"네?"

갑자기 눈을 반짝이기까지 하면서 묻는 모습에 태진은 적잖
이 당황했다. 빌 러셀의 딸 에이바도 언제 옆으로 왔는지 두 부
녀가 태진의 입만 쳐다보고 있었다.

"다즐링 그룹이 맞긴 한데요."

"다즐링하고 관련된 사람이었어요?"

"관련이라고 할 정도는 아니고 이번에 같이 잠깐 일하게 됐어
요."

태진의 대답에 빌 러셀은 손가락을 연신 하늘로 찔러 댔다.
그러고는 의기양양한 표정으로 딸을 쳐다봤다.

"에이바! 봤지? 아빠 봤지? 아빠 권위적인 사람 아니지?"

예전에 자신의 위치를 이용해서 스타들을 만나게 해 주겠다
고 했을 때 딸이 권위적인 사람이라고 했던 말이 신경 쓰인 모양
이었다. 완전 딸 바보 같은 모습이었음에도 정작 딸 에이바의 정
신은 태진에게 쏠려 있었다.

"저… 진짜 다즐링 맞아요?"

굉장히 기대하는 눈빛으로 태진을 봤다. 만약 아니라고 하면 울 것 같은 얼굴이었다. 태진은 수줍게 묻는 에이바의 모습에 입꼬리를 씰룩이며 말했다.

"네, 다즐링 맞아요. 다즐링이 미국에서도 인기가 많나 봐요."
"그건 아닌데 전 다즐링 좋아해요. 오디션 US 재밌게 봤거든요. 그리고 이번 Y튜브에 올린 노래도 너무 마음에 들어서 더 팬이 됐어요."

태진은 기분이 좋은지 입꼬리가 슬쩍슬쩍 움직였다. 그리고 순간 이 기회를 이용해 보면 어떨까 하는 생각이 스쳐 지나갔다. 어떻게 이런 생각을 했는지 스스로가 놀랄 정도의 아이디어였다. 하지만 이내 생각을 떨쳐 냈다. 그런 생각을 하는 스스로가 마치 곽이정과 비슷해지는 느낌이었다. 가식적으로 사람을 대하기보다는 수잔이 알려 준 것처럼 진심으로 다가가는 게 더 자신과 어울렸다. 그때, 빌 러셀이 먼저 태진이 생각하던 것을 얘기했다.

"그럼 다즐링 언제 만나나요?"
"딱히 정해진 건 없어요. 아마 만나지는 않을 거 같은데요."

실제로 일과 관련해서는 이강유 PD와 연락을 주고받기에 만날 일이 없었다. 태진의 대답에 에이바는 무척이나 아쉬워했다. 그리고 에이바의 뒤에 있던 빌 러셀은 거의 애원하는 표정으로 태진에게 손가락으로 동그라미를 만들어 보이고 있었다. 대충 어떤 느낌인지 알 것 같았다.

사실 빌 러셀 정도 되는 인기 스타가 만나자고 하면 쉽게 만날 수 있을 텐데 아마도 자신의 위치를 이용해 만나고 싶진 않아 보였다. 그렇지만 다즐링에게도 도움이 될 일이라서 라온에서 먼저 부탁을 해도 이상하지 않았다.

"연락하면 만날 수는 있어요."
"그렇죠? 아! 우리 때문에 일부러 만나는 건 아니죠? 그런 건 아닐 거야. 그렇지 에이바?"

스크린에서는 상상도 할 수 없는 그의 모습에 태진은 나오는 웃음을 꾹 참으며 대답했다.

"일부러는 아니에요. 마침 얘기할 것도 있긴 했는데 한번 연락해 볼게요."

그때, 에이바가 굳은 표정으로 고개를 휙 돌렸다. 그러고는 빌 러셀을 노려보더니 손가락을 좌우로 저었다.

"아까는 만나지 않는다고 했는데 아빠가 뭐라고 한 거지? 다른 사람 곤란하게 만든 거지?"

"아니야! 아니야."

"뒤에서 그림자 계속 움직였어. 그러지 말라니까 왜 그러는 거야."

"아니라니까? 어휴, 그래! 아빠가 부탁을 한 건 맞아! 그런데 그냥 부탁을 한 게 아니야! 아빠도 뭘 도와주기로 했다니까?"

"아빠가 뭘 도와줘? 여기가 어디인지도 모르고 왔으면서 뭘 도와줘."

빌 러셀은 엄청 당황하더니 태진을 쳐다봤다. 그러고는 태진에게서는 이유를 찾을 수 없었는지 이리저리 둘러보다 옆에 있던 채이주를 봤다.

"저분 연기 연습 도와주기!"

"그런 말 없었잖아."

"있었어. 에이바가 저 뒤에 앉아 있을 때 다 했던 거야! 아, 원래 서프라이즈였는데 네가 그렇게 알아차려서 망했네!"

에이바와 눈이 마주친 채이주는 알아듣지는 못했지만, 뒤에서 연신 고개를 끄덕거리는 빌 러셀의 모습을 보고 대충 눈치를 챘는지 웃으며 고개를 끄덕거렸다. 그리고 빌 러셀을 돕기 위해 필은 물론이고 태진마저 맞다는 듯 고개를 끄덕였다. 그제야 에이바가 다시 설레는 표정으로 입을 열었다.

"진짜 만날 수 있어요?"

"확답은 어렵고 식사하시는 동안 제가 연락해 볼게요."

"지금 연락하는 거예요?"

"네, 방금 연락 온 게 다즐링 소속사거든요."

"라온이요!"

"네, 맞아요."

소속사마저 알고 있는 모습에 태진은 웃음이 나왔다. 그때, 에
이바가 갑자기 러셀을 보더니 입을 열었다.

"나 배 안 고파."

"응? 떡볶이 먹고 싶다며."

"내일 먹을래. 지금은 안 고파. 조금 이따 갈래."

에이바의 눈에 보이는 속셈에 태진은 물론이고 모든 사람들이
피식 웃었다. 아무래도 에이바가 보고 있는 가운데 통화를 해야
할 것 같아 보였다. 태진이 채이주에게 상황을 설명하자 채이주
가 잘됐다는 듯 기뻐하더니 갑자기 휴대폰을 꺼냈다.

"떡볶이는 배달시키면 돼요! 연습실에서 먹죠!"

"연습실 취식 금지인데요."

"괜찮아요! 우리만 입 다물면 누가 뭐라 그래요. 먹고 잘 치우
면 돼요! 다즐링 멤버들까지 먹으려면 많이 시켜야겠어요!"

방금 전까지 아쉬워하던 채이주는 언제 그랬냐는 듯이 기뻐

하며 떡볶이를 주문했고, 태진은 모두의 시선이 집중된 상태에서 약간 부담스러움을 느끼며 이강유에게 전화를 걸었다.

―태진 씨! 이렇게 빨리 연락해 줄 정도로 급한 건 아니었는데. 바쁜데 귀찮게 전화한 건 아니죠?

"아니에요. 안 그래도 연락드리려고 했어요."

―오! 괜찮은 곡 찾았어요?

"그건 아니고요. 지금 곡들 중에서는 못 찾았어요."

―안 그래도 13곡 더 보낼 예정이에요. 사실 그거 때문에 연락했어요.

"아, 네……."

태진은 빌 러셀과 에이바의 부담스러운 시선에 제대로 된 통화를 이어 나갈 수가 없었다. 두 사람의 모습은 마치 TV를 보던 자신의 모습이 저러지 않았을까 하는 생각까지 하게 만들었다. 아무래도 용건부터 말을 하는 게 좋을 것 같았다.

"저, 혹시 다즐링 멤버들 지금 바쁜가요?"

―바쁘진 않죠. 아직 할 게 없으니까 그냥 몸 만들고 있을걸요. 왜요, 뭐 확인할 게 있어요? 그럼 불러야죠.

"그건 아니고요. 좀 어려운 부탁이긴 한데 만나고 싶어 하는 사람이 있어서요."

―네? 실제로요? 아니면 통화로요.

"실제면 더 좋긴 한데요."

―그건 좀… 그렇지 않나요?

"그런가요… 그게 사실 빌 러셀이라고 아세요? 영화 사이트 주연배우인데."

―알죠! 안 그래도 오늘 한국 왔다고 기사 엄청 나오던데. 그런데 빌 러셀은 왜요?

"지금 같이 있는데 그분하고 그분 딸이 다즐링 팬이라고 해서요."

―어… 어? 어! 잠깐만요!

순간 아무런 말이 들리지 않았다. 그러고는 또 다른 휴대폰이 있는지 누군가와 통화하는 소리가 태진의 휴대폰에 타고 들어왔다.

―짱구 굴리지 말고! 무슨 기사야, 기사는! 애들한테 도움 되는 일이잖아! 기자들 부르려면 빌 러셀 측하고 통보하고 그래야 되는데 차라리 그냥 사진 한 방이 더 낫지. 오케이, 오케이! 그래, 지금 지금! 태진이하고 같이 있다잖아. 언제 갈 줄 알아!

빌 러셀이 드라마 촬영 때문에 한국에 온 것도 모르는 눈치였다. 그리고 얼마나 급했는지 항상 쓰던 존칭도 사라진 채 자신의 이름을 언급했다. 아직 대답을 듣진 못했지만 아무래도 잘 풀릴 것 같아 보였다.

―언제 어디서 볼까요?

"저희 회사로 오시는 게 어떨까요? 어디 나가서 만나는 건 어려울 것 같은데요."

—오케이! 바로 연락할게요.

"빨리 오시는 게 좋을 거 같아요. 저녁에 스케줄 있다고 들었거든요."

—알았어요! 그럼 스케줄 하기도 전에 우리 애들 만나고 싶다고 한 거예요? 그 정도면 찐 팬인데? 아무튼 고마워요! 아주 태진 씨는 우리 회사 직원 같아!

통화를 마친 태진은 에이바를 보며 손가락으로 동그라미를 만들어 보였다. 그러자 약간 걱정하던 에이바는 대답을 듣고서야 두 손을 모으며 기뻐했다. 그리고 빌 러셀은 자신의 능력인 양 의기양양한 표정으로 가슴을 두드렸다. 그 모습을 본 태진은 빌 러셀을 잠깐 따로 불렀다.

"저 잠시만 말씀드릴 게 있는데요. 다즐링 문제가 아니라 연기 연습 때문에요."

일단 에이바를 안심시킨 뒤 구석으로 자리를 옮긴 태진은 조심스럽게 입을 열었다.

"진짜 연기 연습 같이 도와줄 건가 궁금해서요."

"당연히 해야죠. 받은 게 있는데."

"그럼 언제 가능하신지. 오늘은 스케줄이 있다고 들었어요. 사실 내일이 오디션이거든요."

사실 딱히 빌 러셀의 연기 지도가 필요하진 않았다. 전문적인 지도자인 필의 도움으로 오디션 보는 장면은 거의 연습이 마무리된 상태였다.

"그래요? 그럼 미안해지는데. 그럼 붙으면 할까요?"
"확실치는 않아요. 그래서 그런데 정 도와주시고 싶으시면 내일모레쯤 어떠세요?"
"오디션 확실치 않다면서요."
"그래서 다른 쪽으로 지도를 해 주시면 어떨까 해요. 지금 저희가 오디션 프로그램을 하고 있거든요."
"저분이 오디션 보는 걸 프로그램으로 방송한다고요? 탤런트 뭐 그런 건가 봐요?"
"채이주 씨가 보는 건 다른 오디션이라서 방송으로는 안 나와요. 방송에 나오는 건 다른 프로그램이고요. 거기서는 심사 위원이거든요."
"아! 이해했어요. 그러니까 나보고 저분한테 힘을 실어 달라 그거죠?"
"네, 맞아요."

어려운 부탁일 거란 생각에 조심스럽게 말을 꺼냈는데 러셀은 재미있어하는 눈치였다.

"가능하실까요? 소속사에는 저희가 연락을 하겠습니다."

"나 소속사 없어요. 에이전시가 있긴 한데 이번에는 내 결정이라서. 멀티박스에서 사람 붙여 준다고는 했는데 이거랑 상관없을 거 같네요. 알았어요."

"그럼 출연하시는 건가요?"

"그럼요. 대신… 다음에 다즐링 만날 기회가 있으면 또 부탁드려요."

빌 러셀이 부탁을 흔쾌히 수락하자 태진은 속으로 쾌재를 불렀다. ETV는 물론이고 채이주와 참가자들까지 주목시킬 수 있는 방법이었다. 그리고 곽이정에게 이 얘기를 보고했을 때 또 어떤 의견을 내놓을지도 궁금했다.

*　　　*　　　*

한 시간 정도 흘렀을 무렵, 연습실에 있는 사람들은 전부 에이바의 눈치를 보는 중이었다. 에이바는 다즐링 멤버들이 언제 오나 싶어 연습실 문만 쳐다보고 있었고, 러셀은 그런 에이바의 눈치를 보느라 제대로 된 대화를 할 수가 없었다. 먹어 보고 싶다던 떡볶이에도 거의 손을 대지 않은 상태였다. 그러자 채이주가 태진에게 조용하게 속삭였다.

"언제 오는지 연락해 봐야 되는 거 아니에요?"

"갑자기 잡힌 약속이라 시간이 걸리나 봐요."

그때, 태진의 휴대폰이 울렸다. 번호를 본 태진은 눈썹을 씰룩거렸다. 라온에서 걸려 온 전화가 아닌 곽이정이었다.

"네, 팀장님."
—어딥니까! 이게 대체 무슨 말입니까?
"네?"

며칠 전에도 그러더니 이번에도 목소리가 높아져 있었다. 또 자신이 무슨 일을 한 건가 생각해 봤지만, 다즐링 이후로 누굴 만난 기억이 없었다. 그때, 곽이정의 한숨을 뱉는 소리가 들렸다.

—지금 회사 입구에 다즐링이 태진 씨 만나러 왔다더군요.
"아! 벌써요?"
—벌써요? 알고 있었습니까? 그럼 빌 러셀도 만나러 왔다는 소리는 뭡니까?
"아……."
—혹시 진짜 빌 러셀도 연습실에 있습니까?
"네, 필 씨 만나러 오셨어요."
—그걸! 왜 나한테 보고를 안 합니까! 나한테 가장 먼저 얘기를 해야 될 거 아닙니까!

저번보다 더 격한 반응이었다. 안 그래도 다즐링과 빌 러셀의 만남을 주선한 뒤 올라가서 보고를 하려던 참이었다. 그에 따른 빌 러셀의 '라이브 액팅' 출연 약속까지 보고하려고 했는데 느닷없이 화를 내는 목소리에 약간 당황스러웠다. 자신이 모르는 상태에서 일이 진행되어서 화를 내는 건가 싶었다. 그때, 곽이정이 말이 이어졌다.

―준비 잘해요. 지금 조셉 부사장하고 다즐링하고 같이 간다니까! 나도 지금 내려가는 중입니다!
"조셉 부사장이요?"
―우리 한국 MfB 부사장이요.

태진도 본 적은 없지만, 이름은 알고 있었다. 한국 MfB의 운영이 안정될 때까지 MfB 본사에서 위임한 경영인이었다. 그런 사람이 왜 다즐링하고 같이 온다는 건지 이해가 되지 않았다. 그때, 연습실을 두드리는 소리가 들리더니 처음 보는 엄청난 큰 키에 반짝거리는 머리 때문에 마이클 조단 같은 인상의 외국인이 들어왔다.

저 사람이 조셉인지 아닌지는 모르지만 이미 곽이정에게 들은 바가 있었기에 태진은 인사를 건네려 했다. 그때, 옆에 있던 필이 이미 알고 있는지 웃으며 손을 흔들고 있었다. 그러고는 빌 러셀을 보며 말했다.

"날 섭외할 때는 그렇게 연락하더니 한국 오니까 얼굴도 안 보이던 사람이 러셀 왔다는 말에 이렇게 찾아온 거 보면 인기가 대단하긴 대단하네."

"누군데?"

"조셉. 예전엔 미국 MfB 본부장. 지금은 한국 MfB 책임자. 너
도 봤을걸. 한때 모든 오디션 장에 나타나서 고스트라고 불렸는
데."

"아! 본 거 같다. 한국에 있었구나."

필의 말에 그가 누구인지 알아차린 태진은 조셉에게 인사를
하려 했다. 하지만 에이바의 비명에 그럴 수가 없었다.

"다즐링……! 진짜 다즐링이야! 꺄아악!"

에이바는 소리 지르는 와중에도 부끄러운지 빌 러셀의 뒤에
몸을 숨긴 채였다. 그러면서도 계속 보고 싶었는지 고개를 살짝
살짝 내밀어 다즐링을 확인했다. 외국인 뒤에 따라오던 다즐링
멤버들은 평소에 팬 대응하는 방법을 연습했는지 에이바가 외치
는 소리에도 환하게 웃으며 손으로 인사했다. 그만큼 에이바의
소리는 더 커져 갔다.

그래서인지 조셉은 몸을 살짝 비켜 다즐링부터 앞으로 나서
게 했고, 이미 빌 러셀의 딸이 자신들의 팬이라는 걸 들은 다즐
링은 에이바에게 손을 흔들며 다가왔다. 그때, 함께 온 다즐링의
매니저가 조용히 속삭거렸고, 에이바 앞에 선 다즐링 멤버들은
마치 음악 프로그램에라도 나온 것처럼 인사했다.

"둘, 셋, 안녕하세요! 여러분의 귀를 황홀하게 만들 다즐링입니다!"

"아……!"

에이바는 곧 울기라도 할 것 같은 표정이었다. 그때, 빌 러셀이 어이가 없다는 표정으로 에이바를 내려다봤다.

"에이바! 그만 나오지? 이러다가 아빠 옷 찢어지겠는데?"

그렇게 보고 싶던 다즐링이 눈앞에 있지만, 부끄러운 모양이었다. 빌 러셀은 그런 딸의 모습이 귀여웠는지 머리를 쓰다듬으며 다즐링을 바라봤다.

"반갑습니다."

에이바에게 손을 흔들던 다즐링 멤버들이 빌 러셀의 인사에 잔뜩 긴장한 표정이 되었다. 그렇게 인사를 마친 다즐링 멤버들은 태진을 보며 손을 흔들었다.

"태진이 형, 안녕하세요!"

갑작스러운 형이라는 호칭에 태진은 살짝 당황했다. 손을 흔드는 방향이나 이름을 들으면 자신에게 인사를 하는 것이 맞는데 형이라고 불릴 만한 관계는 아니었다. 그때, 멤버 중 은수가 웃으며 말했다.

"태진 씨, 이렇게 부르는 건 아닌 거 같아서요. 형이라고 해도
되죠?"

"아, 네."

"진짜 감사해요!"

"갑자기 부탁드렸는데도 이렇게 와 주셨는데 제가 감사하죠."

"이건 저희가 더 감사한 거죠! 그리고 저희 Club 추천해 주신
것도 감사하고요."

다즐링의 감사 인사에 시선이 주목되었다. 태진이 부담스러운
마음에 서둘러 말을 돌리려 할 때, 빌 러셀의 뒤에 숨어 있던 에
이바와 눈이 마주쳤다. 그리고 에이바가 갑자기 손가락을 들어
태진을 가리켰다.

"Y튜브에 올라온 Club 추천한 게 아저씨였어요?"

"아, 네. 그렇게 됐죠."

"진짜요?"

"추천만 한 거고 부른 건 다즐링이에요."

에이바는 신기한지 태진과 다즐링을 번갈아 쳐다봤다. 그리고
는 갑자기 빌 러셀의 옷을 잡아당기더니 귀에다 대고 뭐라 속삭
였다. 그러자 빌 러셀이 씨익 웃더니 태진과 다즐링을 쳐다봤다.

"그 영상에 5번째로 추천 많이 받은 댓글이 자기가 쓴 거라는 데요? 원래는 가장 많았는데 지금은 내려온 거라고 그러네요. 우리 딸은 아주 댓글에도 소질이 있어."

매니저가 통역이 가능했는지 다즐링 멤버에게 이를 설명했고, 설명을 들은 멤버들은 곧장 댓글을 확인하는 듯 보였다.

"The person who suggested En—su to do the shouting should get a raise. 이거예요?"

에이바는 수줍게 고개를 끄덕거렸고, 태진은 적잖이 놀랐다. 태진에게 뿌듯함을 느끼게 만들었던 댓글이었다. 영상에 엄청난 댓글이 달렸지만, 스태프를 칭찬하는 댓글은 적었다. 하지만 저 댓글은 다즐링뿐만이 아니라 뒤에 있는 사람들마저 빛나게 만드는 댓글이었다.

태진은 고마운 마음에 가볍게 고개 숙여 인사를 했다. 그때, 또다시 꿔다 놓은 보릿자루처럼 서 있던 채이주가 태진의 옆구리를 찔렀다.

"나도 인사는 좀 시켜 줘야죠!"
"아! 네!"

다즐링과 인사를 나누게 된 채이주는 자연스럽게 자리로 안내했다.

"식사 안 했으면 같이 드세요. 저희 떡볶이 먹는 중이었는데 괜찮아요? 맵진 않아요."
"감사합니다!"

가만히 서 있는 것보다 뭐라도 하는 게 덜 어색했기에 멤버들은 기뻐하며 자리를 잡았다. 한 명씩 자리를 잡다 보니 그제야 다즐링과 함께 들어온 외국인에게 신경이 갔다. 태진은 급하게 인사를 했다.

"안녕하세요. 캐스팅 에이전트 1팀 한태진입니다."
"얘기 많이 들었어요. 반가워요."

필은 이미 알고 있는 사이 같았기에 따로 인사시킬 필요가 없어 보였다. 그렇기에 태진은 이번에는 채이주부터 인사를 시켰다.

"이쪽은 저희 소속 배우 채이주 씨고요."
"알고 있죠. 기대가 큽니다."
"그리고 이분은 부사장님이세요."

튀김을 들고 있던 채이주는 화들짝 놀랐다. 채이주도 부사장 얼굴은 처음 보는 모양이었다.

"안녕하세요!"

튀김을 던지듯 놓는 모습에 조셉이 부드러운 미소를 지었다. 그러고는 굉장히 능숙한 한국어로 말을 했다.

"편하게 드세요."
"오와, 한국말 잘하시네요!"
"그래서 한국에 발령받은 거죠. 하하. 아무튼 제가 듣기로는 이번에 오디션 준비하신다고요."
"네!"
"좋은 결과 있었으면 하네요."

결정된 지 며칠 되지 않았음에도 이미 보고를 받았는지 알고 있었다. 회사 일에도 신경을 쓰는구나 생각할 때, 조셉이 필과 빌 러셀을 보며 웃었다.

"한국에서 보니까 느낌이 새롭죠? 더 반갑고 그렇죠?"
"참, 그렇게 꼬시더니 이제야 보네요."
"하하, 좀 바빴습니다. 러셀 씨도 오랜만에 뵙는군요. 저희 배우하고 같은 드라마에 출연하게 될 텐데 잘 부탁드립니다."

필은 어이가 없다는 듯 웃음을 뱉었다. 오디션을 보지도 않았건만 저런 얘기를 하는 걸 보면 합격할 수 있게 많이 도와 달라는 의미가 담겨 있었다. 그때, 러셀이 웃으며 말했다.

"이미 제가 도와줄 레벨은 아니더라고요."

"그렇습니까?"

"잘하더라고요. 그리고 같이하게 되면 그나마 친분이 있으니까 제가 도움을 받아야죠. 아! 같이 안 하게 되도 다른 방법으로 도움 주기로 했고요. 저분이 얘기하더라고요. 지금 하고 있는 프로그램에 나와서 도와 달라고요."

조셉은 러셀이 가리키는 곳을 봤다. 그 방향에 태진이 있는 것을 확인한 조셉은 가볍게 웃고는 말을 이었다.

"그래서 승낙하셨고요?"

"그렇죠. 뭐 사실 기브 앤 테이크이긴 하지만 약속을 했죠."

조셉은 눈썹을 씰룩거리며 웃으며 태진을 봤다.

"신기하네요."

"네?"

"이름이 많이 들려서요. 이상하게 같은 회사에서는 잘 안 들리는데 밖에서 많이 들려와요. 한태진이라는 이름이. 라온에서도⋯ 아, 라온하고 MfB하고 같이 일 많이 한 건 알죠? 본사긴 하지만."

"네, 들었어요."

"거기서도 한태진이란 이름을 꼭 찍어서 의뢰를 했거든요. 그리고 저기 필 씨도 한태진 씨를 지목했다는 얘기를 들었죠. 게다가 이번에는 캐스팅 팀 4팀에서 다른 팀에 있는 한태진 씨 이름을 언급했고요. 지금 러셀 씨를 이 자리에서 섭외한 것도 그렇고요. 짧은 기간에 한태진 씨 이름이 계속 들리더군요."

조셉은 장난기 넘치는 표정으로 엄지를 치켜세웠다.

"딱 우리가 원하던 사람입니다."

사람들 앞에서 갑자기 받게 된 칭찬에 태진은 멋쩍어했다. 한국어로 칭찬한 덕분에 다들 알아들은 모양이었다. 그래서 더 멋쩍었다. 자기가 칭찬을 받는 것도 아닌데 왜 좋아하고 있는지 모를 채이주나, 역시 자신들의 곡을 골라 준 사람이라는 표정으로 쳐다보는 다즐링이나, 칭찬을 즐길 수 없게 만들었다. 그래도 부사장까지 인정해 주는 것이 무척 뿌듯했다.

스타들이 즐비한 이곳에서 중심이 된 태진은 어색하게 웃었다. 다만 필을 제외한 사람들이 보기에는 미소로 보이지 않은 모양이었다. 다들 말을 안 하고 있었는데 그나마 친한 채이주가 태진을 툭 건드리며 속삭였다.

"이럴 땐 그냥 좀 웃어요. 왜 당연하다는 얘기하냐는 듯 입꼬리만 씰룩거려요. 태진 씨는 표정을 너무 숨겨. 꼭 가면 쓰고 다니는 사람 같아요!"

태진은 이번에도 멋쩍게 웃다 말고 갑자기 깜짝 놀랐다. 곽이 정처럼 가식적인 표정은 아니었지만, 남들이 보면 그렇게 보기에 는 그렇게 보이진 않을까 하는 생각이 들었다. 별로 좋은 느낌은 아니라는 생각을 할 때, 연습실 문이 열리면서 정말 가면을 쓴 것 같은 곽이정이 들어왔다. 방금 전 통화로 그렇게 화를 내던 사람이라고는 생각하지 못할 만큼 환한 미소를 걸친 채로.

연습실에 들어온 곽이정은 사람들에게 간단한 인사를 건네고 는 부사장과 태진의 사이에 자리 잡았다. 먼저 부사장에게 얼굴 을 보이며 인사를 하고는 태진을 보며 미소를 보인 뒤 사람들을 향해 말했다.

"미안합니다. 태진 씨한테 얘기를 들었는데 갑자기 일이 있어 서 조금 늦었네요. 태진 씨가 있어서 그나마 다행이네요."

항상 그렇듯이 주어는 빠진 채였다. 그러다 보니 자신이 모든 일을 지시한 것 같은 뉘앙스였다. 듣는 사람들도 팀장이다 보니 당연하게 받아들이는 듯 보였다. 거기다 그걸로 끝나지 않고 한 명씩 찍어 가며 말까지 걸었다.

"다즐링분들에게는 너무 미안해요. 많이 기다리고 계시죠? 지 금 우리 팀이 너무 바빠서 그래요. 그래도 최대한 열심히 하는 중입니다."

노래는 태진 혼자 듣고 있는데 곽이정이 생색을 내는 모습에 태진은 기가 찼다. 한때는 곽이정에 대해 오해를 하는 건가 싶기도 했는데 겪으면 겪을수록 좋은 느낌이 아니었다. 일적인 부분으로 배울 점은 있을지 몰라도 사람으로서는 아니었다.

곽이정이 다즐링에게 말을 시켜서인지 다즐링만 보고 있던 에이바도 곽이정을 보게 됐다. 왜 이 많은 사람들 중에 다즐링부터 말을 걸었는지가 바로 이해됐다. 그럼으로써 아주 자연스럽게 에이바와 빌 러셀의 관심을 받고 있었다.

"반갑습니다. MfB 캐스팅 에이전트 팀장 곽이정입니다."

"아하, 반가워요."

급히 다가갈 때가 아니라고 생각했는지 간단한 인사로 대화를 마무리 지었다. 부담스럽지 않으면서도 자신의 이름을 알려줄 수 있는 기회를 만드는 모습에 감탄이 나왔다. 마치 대본이 있는 사람처럼 행동 하나하나가 계산된 사람 같았다. 그런 곽이정이 이번에는 채이주를 쳐다봤다.

"그리고 채이주 씨도 내일 오전 '라이브 액팅' 촬영 스케줄 조절했습니다. 향후 스케줄 역시 조율 중이고 라이브 액팅에서도 방송에만 지장 없으면 크게 문제 될 건 없다고 했습니다. 그래서 오디션 보시고 오후에 스튜디오로 바로 가시면 됩니다. 그리고 필 씨는 내일 오전부터 참가자들하고 촬영장에 가시게 될 겁니다."

이것도 아마 매니저 팀이 전부 다 조절을 한 내용을 곽이정이 전달만 하는 것 같았다.

'참 대단하네.'

태진은 헛웃음이 나왔다. 자신만 저런 일을 당하는 게 아니었다. 곽이정은 자신과 관련된 모든 일에 자신이 책임자인 것처럼 굴고 있었다. 저런 모습이 자꾸 눈에 들어와서인지 곽이정과 계속 일을 한다면 뭘 해도 즐겁지 않을 것 같은 느낌이 들었다. 아무래도 다른 팀에 가는 게 맞는 것 같았다. 그때, 채이주가 고개를 끄덕거리며 말했다.

"그건 알죠. 그런데 내일 갈 때, 태진 씨도 같이 갔으면 하는데요."
"태진 씨요?"
"네, 잘 도와주셔서요."

곽이정은 태진을 가만히 쳐다봤다. 그러고는 곤란하다는 듯 고개를 저었다.

"그건 힘들 거 같네요."
"네? 왜요? 어차피 오후에 같이 촬영장 가면 되는 거 아닌가요? 필 선생님 도와 드리려면 촬영장 가야 되잖아요."
"그렇긴 한데 내일은 좀 힘들 거 같습니다."

태진마저도 의아했다. 그런 얘기는 듣지 못했다. 도대체 곽이정이 무슨 생각으로 저런 말을 하는 건지 알 수가 없었다. 그때, 곽이정이 태진의 등을 토닥거리며 말했다.

"우리 태진 씨가 아직 팀이 정해지지 않았습니다."
"아! 맞다! 신입이었지!"
"그렇죠. 일을 엄청 잘하는 신입 사원입니다. 그래서 내일 오전에 미팅하면서 팀을 결정하게 되는 날이거든요. 그래서 조금 힘들 것 같긴 합니다."

듣고 있던 태진도 깜짝 놀랐다. 팀을 선택해야 된다는 건 알고 있었지만, 내일이 그날인지는 몰랐다.

'벌써 2주 지났구나.'

너무 많은 일을 하다 보니 시간 가는 줄 몰랐다. 그때, 등을 두드리는 곽이정의 손길이 느껴졌다. 곽이정은 태진을 향해 잠시 미소를 짓더니 사람들을 주욱 둘러봤다. 팀을 옮길 수도 있다는 말 때문인지 다즐링 멤버들은 혹시라도 지금 하고 있는 일에 문제가 생길까 봐 걱정하는 눈치였고, 채이주 또한 걱정이 되는 표정이었다. 그들의 표정을 본 순간, 태진은 지금 이게 어떤 상황인지 알아차렸다.

채이주와 필은 전부 1팀에서 맡고 있었고, 다즐링의 곡 선택까지 곽이정에게 보고를 하고 있는 상태였다. 그리고 자신은 이들과 가장 가까이서 일하고 있었다. 신입인 자신에게 과하다 싶을 정도로 믿음을 보이며 일을 맡긴 이유가 여기에 있는 것 같았다. 이들과 끝까지 일을 마무리 지으려면 싫어도 1팀에 남아 있었어야 했다.

방금 전까지만 하더라도 다른 팀에 갈 생각을 했는데 지금이 어떤 상황인지 파악이 되자 고민이 앞섰다. 마음 편하게 일할 수 있게 다른 팀으로 가느냐, 아니면 1팀에 남아 지금 하고 있는 일을 제대로 마무리 지을 것이냐. 쉽게 결정을 내릴 수가 없었다. 그때, 옆에 있던 부사장이 웃으며 태진에게 질문을 했다.

"마음의 결정은 했나요?"

갑자기 훅 들어오는 직접적인 질문에 태진은 대답을 하지 못했다. 그래서인지 곽이정의 표정이 순간 굳는 것이 느껴졌다.

"오늘까지 생각을 좀 해 보려고요."
"아무래도 그렇겠죠? 팀장들 전부 다들 한태진 씨를 원하고 있으니까요."

곽이정은 애써 웃음을 보이며 태진에게 친근한 척 연신 등을 두드렸다. 마치 태진이 1팀으로 올 거라는 걸 사람들에게 보이고 싶은 느낌이었다. 그때, 조셉이 고개를 내밀어서까지 곽이정을 봤다.

"내일 인사이동도 같이 있죠?"

"네, 맞습니다."

"음, 기대되네요."

"저도 기대됩니다. 내일 오시죠?"

"신입 사원들에게도 처음으로 인사하는 자리니까 그래야겠죠?"

신입 사원들이 팀을 결정하고 나서 인사를 하는 모양이었다. 하지만 지금 그런 건 중요하지 않았다. 태진은 다시 사람들을 천천히 둘러봤다. 다들 지금 대답을 듣고 싶어 하는 표정이었다. 만약 다른 팀으로 간다면 배신을 하는 것 같은 기분마저 들 것 같았다. 아마 곽이정이 이런 것까지 노리고 사람들 앞에서 이 얘기를 하진 않았을까 생각이 들었다. 그래서인지 더더욱 어떤 결정을 내려야 할지 판단이 서지 않았다. 그저 답답하기만 했다.

그때, 얘기를 듣고 있던 에이바가 궁금하다는 듯 빌 러셀에게 하는 말이 들렸다.

"저 아저씨가 다즐링 일도 맡고, 거기다가 잘하기까지 하고."

"잘하는 건 네가 어떻게 알아?"

"다 알아. 다즐링 이번 커버에 사람들이 괜히 열광하는 게 아니야."

"하하. 역시 내 딸이야! 똑 부러진단 말이야. 그런데 그런 건 왜?"

"그리고 아까 들어 보니까 아빠 출연하게 한 사람도 저 아저씨고."

"그건 아니… 그런가?"

"그리고 저 예쁜 언니 도와주는 사람도 저 아저씨고. 그것도 잘하는 거 같은데."

"그걸 네가 어떻게 알아. 아! 우리 딸 K드라마로 한국말 좀 했었지? 뭐라고 하는지 알아들은 거야? 역시 대단하다! 하하."

"다는 몰라도 대략 알아. 그리고 알아들어서가 아니라 저 언니 지금 표정이 마치 아빠 같아. 아빠하고 같이 일하던 샘 아저씨가 일 그만둔다고 했을 때 아빠가 짓던 표정하고 비슷하거든."

러셀은 채이주를 한 번 쳐다보고는 에이바에게 말했다.

"그래? 아빠는 잘 모르겠는데."

"맞을 거야."

"그런데 그런 얘기는 왜?"

"듣다 보니까 궁금해서."

"뭐가?"

"다즐링 오빠들 일도 그렇고, 저 언니도 아쉬워하는 거 보면 실력이 있는 거잖아."

"그렇겠지?"

"그런 사람이 왜 다른 사람 밑으로 가? 난 잘 이해가 안 돼."

에이바의 말을 알아들은 사람도 있고 아닌 사람도 있었다. 알아들은 사람들 가운데는 어린 에이바의 말에 동의한다는 듯 고개를 끄덕이며 웃는 사람들도 있었지만, 일부러 에이바의 말을 어린아이의 말로 치부하려는지 귀엽다는 듯 쳐다보는 사람도 있었다. 바로 곽이정이었다.

하지만 당사자인 태진은 상당히 난감했다. 기존에 다른 회사를 다녔거나 최소한 학교라도 다녔다면 모를까, 사회생활은 이번이 처음인데 갑자기 하나의 부서를 책임지는 건 너무 부담스러웠다. 태진이 어떤 말도 뱉지 않고 있을 때, 근처에 있던 필이 입을 열었다.

"태진은 지금까지도 잘했으니까 알아서 잘 선택하겠죠."

필의 말에 곽이정이 웃으며 대답했다.

"앞으로 스스로를 발전시킬 수 있는 팀으로 가는 게 맞지요."
"어딜 가든 정해진 답은 없죠. 본인이 의지를 갖고 경험하고 노력해서 발전하는 거지, 누가 도와준다고 되는 게 아니거든요. 그리고 태진은 어딜 가도 잘할 겁니다."
"그렇죠. 잘할 겁니다. 그래도 필 씨한테 도움을 주려면 가까이 있는 게 좋지 않을까요?"
"1팀만 MfB예요? 다른 팀으로 가도 지원 요청하면 되는 거고 그런 거 아닙니까."
"하하, 그렇죠."
"그리고 지금은 일 얘기보다 편안한 얘기하죠. 식사 자리인데."

"제가 불편하게 해 드린 것 같네요. 죄송합니다. 편하게 식사
하시죠."

　곽이정은 필과 부딪쳐 봐야 좋을 게 없다고 판단했는지 한발
물러섰고, 필의 말을 들은 태진은 순간 말도 안 되는 아이디어
가 떠올랐다. 될지 안 될지 모르겠지만, 자신을 원하는 팀이 그
렇게 많다면 생각처럼 되지 않을까 하는 생각도 들었다. 가능할
지 안 할지는 모르겠지만 지금 맡은 일들을 계속하려면 그 방법
밖에는 없을 것 같았다. 물론 필이 말한 대로 지원을 해서 도움
을 주는 방법도 있었지만, 그렇게 되면 지금처럼 일선에서 도움
을 줄 순 없을 것이었다.

　혹시나 다른 팀에 가야 될 경우까지 생각하던 태진은 더 이상
일을 맡지 못하게 될 수도 있다는 생각에 지금 할 수 있는 일들
부터 최대한 해결하는 편이 낫겠다는 생각이 들었다.

　'일단 다즐링부터……'

　이강유에게 부탁을 할 때 했던 약속부터 지켜야 했다. 태진은
지금의 이상한 분위기도 바꿀 겸 에이바를 보며 말했다.

"다즐링 만난 기념으로 사진 남겨야죠."
"지금이요? 분위기가 조금 이상한데요?"

　에이바마저 이상한 분위기를 느낀 모양이었다. 그럼에도 사진

은 찍고 싶었는지 다즐링을 힐끔힐끔 쳐다봤다. 그때, 다즐링 멤버 중 은수가 갑자기 뒤로 돌더니 들고 왔던 가방을 뒤적거렸다. 그러고는 박스 하나를 꺼내고는 에이바에게 내밀었다.

"나온 지 꽤 되긴 했는데 첫 앨범이에요. 아! 중호 형, 통역 좀 부탁드려요."
"괜찮아요. 한국말 좀 알아요."
"아! 그래요? 다행이다!"
"이 앨범도 알아요! 있어요! 타이틀 곡 WOW도 알아요."

에이바는 은수에게 받은 CD를 조심히 받아 들었다. 그러고는 손가락 3개를 펼친 양손을 들어 올리기까지 했다. 바로 WOW의 안무였다.

"이 앨범 있어요? 와! 고마워요!"
"많이 들어요. 멈추지 않아! 난 달려! 이 바람을 느껴! WOW!"

수줍으면서도 할 건 해야겠는지 에이바는 조용하게 노래까지 불렀다. 그 모습을 보던 다즐링 멤버들은 입이 귀에까지 걸릴 정도로 웃으며 에이바의 노래를 이어 불렀다.

"날 옭아맨 사슬을 벗어 던져! 가볍다 못해 날아가네!"

덕분에 무겁던 분위기가 바뀌었다.

"이 노래를 어떻게 알아요? 한국에서도 그렇게 인기 있진 않았는데."

"Y튜브로 봤어요. 다즐링 나오는 거 다 봤어요."

"와! 고마워요! 너무 기분 좋다!"

다즐링 멤버들은 정말 기분 좋은 표정으로 서로를 쳐다보더니 잠시 무언가를 쑥덕거렸다. 그러고는 갑자기 대형을 갖추더니 에이바를 향해 말했다.

"저희가 드릴 건 없고 WOW 불러 드릴게요! 휴대폰 있으면 동영상 찍어도 돼요."

"정말요?"

"네! 장소도 연습실이라서 딱 좋네요!"

에이바만을 위한 공연을 하겠다는 말에 에이바는 들뜬 마음으로 휴대폰을 꺼내 들었다. 그 모습을 보던 태진은 순간 좋은 생각이 났다. 에이바와 다즐링 멤버들 모두에게 이득이 되는 일이었다.

"저기, 그럼 차라리 라이브 방송 하는 건 어떨까요?"

"라이브 방송이요?"

"네, 당장의 효과는 없어도 이따 밤에는 반응이 나올 거예요."

에이바는 자신만을 위한 공연은 아니더라도 바로 앞에서 공연을 볼 수 있었고, 다즐링 멤버들은 빌 러셀의 이름을 이용할 수 있는 기회였다. 그러다 보니 다즐링의 매니저는 말이 끝나기 무섭게 라이브 방송을 할 준비를 했고, 옆에서 그런 모습을 보던 사람들은 태진의 생각을 읽었는지 재밌다는 표정을 지었다. 특히 부사장 조셉은 누구보다 이 상황을 재미있게 보는 중이었다.

제7장

—

우연을 기회로

　라온의 이종락은 갑자기 들려온 소식에 정신을 차릴 수가 없었다. 라온에는 이미 스타들이 많이 있었지만, 깨물어서 아프지 않은 손가락 없다고, 다즐링도 그런 손가락 중 하나였다. 그런 다즐링이 최근에 많은 관심을 받게 된 것도 기쁜데 더욱더 많은 관심을 받을 기회가 생겼다. 바로 빌 러셀과의 라이브 방송이었다.

　비록 MfB의 태진이 약간의 제약을 두긴 했지만, 다즐링에게 엄청난 도움이 될 거라는 건 확실했다. 다만 장소가 라온이 아닌 MfB이다 보니 어떤 지원을 할 수도 없다는 점이 아쉬웠다.

　"촬영 팀은 아니더라도 우리 애들 라이브 방송 할 때 쓰는 카메라라도 보내야 하는 거 아니야?"

　"빌 러셀 금방 가야 된다고 그랬어요. 아마 우리 도착하면 끝날 거 같아서요!"

"아! 휴대폰으로 하는 게 너무 아쉽다! 이럴 줄 알았으면 촬영
팀 섭외해서 보내 줄걸!"

"그건 더 늦죠! 아무튼 이제 시작할 거 같은데요."

라온의 직원들은 모두가 다즐링의 라이브 방송을 켜 둔 상태
로 기다리는 중이었다. 그때, 화면이 켜지면서 다즐링 멤버들의
얼굴이 나왔다.

"얘들은 진짜! 카운트다운이라도 하고 나오지!"

"왜요, 괜찮은데요. 크크."

화면에 멤버들이 카메라를 쳐다보며 자기들끼리 하는 말이 들
렸다.

―은수 형, 이거 된 거야? 안 된 거 같은데.

―그래? 나 저번에 혼자 라이브 방송 할 때는 이렇게 했는데.

―왜 사람들이 아무도 없지. 라이브는 되는 거 같은데 뭐, 비밀
방으로 만든 거 아니야?

―이상하네. 어, 들어온 사람 숫자는 늘어나는데. 아! 알았다. 채
팅 창 밀어 놨네.

좀 멋진 모습으로 나왔으면 했는데 너무 중구난방인 느낌이
아쉬웠다. 하지만 친근하게 느껴지기도 했기에 이종락은 별말 없

이 화면을 쳐다봤다. 잠시 뒤, 멤버들이 모여 인사를 나눈 뒤 본격적으로 방송을 시작했고, 리더인 하늘이 진행을 했다.

　—오늘 갑자기 방송을 켠 건 다름이 아니라 저희가 Club 커버한 걸 많이들 좋아해 주셔서 이렇게 인사드리려고 방송을 켰습니다. 잠깐만요. 글이 너무 빨리 올라온다.
　—와, 하나도 못 읽겠는데. 지금 몇 명이지?
　—1,317명? 와! 시작하자마자 엄청 많네. 감사합니다!
　—와! 대박인데? 점점 늘어난다!

　이종락의 기대에는 못 미쳤다. 빌 러셀의 이름을 넣어 방송을 했다면 두 배, 아니, 열 배가 넘는 시청자가 들어왔을 것이다. 하지만 태진이 빌 러셀의 이름을 당장 사용하면 안 된다고 알려왔다. 그건 빌 러셀이 오늘 저녁 인터뷰를 한 뒤에 따로 제목을 붙여 영상을 올리는 게 좋겠다고 제안했다. 생각해 보면 그게 맞았다.
　빌 러셀이 소속사를 끼고 일을 진행하는 게 아니라고 해도, 우선은 멀티박스의 일 때문에 방문한 것이기에 자칫하면 중간에서 가로챈 것처럼 보여 문제가 생길 수도 있었다. 잠시 기다린 뒤 아무런 문제가 생기지 않게 영상을 올리는 편이 훨씬 이득이었다.

　"보면 볼수록 아까워."
　"우리 다즐링이 원래 그렇죠."

"어? 어, 그래. 얘네도 아깝지. 그래도 잘될 거 같다."

이종락은 자신의 말을 오해한 직원을 보며 피식 웃고는 다시 화면을 봤다. 그러는 사이 멤버들이 우선 노래를 부르는 것으로 시작을 하려는 모양인지 자리를 잡았다.

—일단 노래 한 곡 부르고 할게요. 저희가 갑자기 방송을 하게 돼서 MR이라든가 연주라든가 그런 게 아무것도 없어요. 그냥 생으로 해야 되는데 혹시라도 실수를 하게 되더라도 못 들은 척하고 봐주세요. 크크크.
—형, 왜 그렇게 웃어요. 변태처럼.
—지금 채팅 창에 다 크크크크 저렇게 웃어서 같이 따라 웃은 거지. 소통이야, 소통.

회사가 아니라서 그런지 한층 자연스럽게 행동하고 있었다. 그런 다즐링 멤버들이 편안한 표정으로 노래를 부르기 시작했다.

"아, 자기들 노래로 시작해야지, 짜식들이. 얘네 담당 신중호지? 얘는 그런 것 좀 알려 주지."
"그래도 사람들 반응 폭발적인데요."
"그러니까! 조금 아꼈다가 해야지. 이거 보고 다 나가면 어쩌냐!"
"어! 그럴 수도 있겠네."

처음부터 최근 Y튜브의 인기 동영상에 올라온 Club으로 노래가 시작되었다. 반주 없이 멤버들의 목소리로만 노래를 부르는데도 사람들의 반응은 뜨거웠다. 대부분이 기존의 영상을 봤을 텐데 지금의 노래를 또 다른 느낌이라며 좋아했다.

—아! 목소리만 들으니까 더 좋다!
—AR도 없는데 쩐다. 라이브 개쩌네.
—와, 녹음 같다.

덕분에 실력 인증까지 하는 중이었다. 라이브 방송의 특성상 다즐링에게 관심이 있는 사람들이 들어온 것일 테니 우호적인 반응은 예상되었지만, 이런 것까지 예상하진 못했던 이종락은 흐뭇하게 채팅 창을 지켜봤다. 그때, 노래를 마친 리더 하늘이 입을 열었다.

—AL 선배님들 노래가 너무 좋아서.
—형, 우리가 데뷔 훨씬 더 빨라.
—아, 나도 모르게 버릇처럼 나왔네.
—죄다 선배님이래.
—아무튼 앞으로 몇 곡 더 불러 드릴 건데 끝까지 지켜봐 주세요. 그리고 이거 방 제목 어떻게 바꾸지. 형, 이것 좀 바꿔 주세요.

매니저에게 부탁했는지 곧 방 제목이 바뀌었다.

—됐다! 사실 저희가 일 때문에 다른 회사에 와 있는데요. 네, 맞아요. 앨범 준비하고 있어요. 그런데 여기에 해외 팬을 만났어요. 미국에서 왔다더라고요. 미국 맞나요?

—맞아요. LA에서 왔어요.

—인사해도 괜찮아요?

—네! 안녕하세요. 빌 로즈 에이바입니다.

—여기 이 친구가 얼마 없는 해외 팬이더라고요. 그래서 노래를 들려주려고 하다가 다른 팬분들하고 같이 들으면 더 좋을 거 같아서 이렇게 방송을 하게 됐습니다. 그럼 에이바가 제일 좋아하는 곡은 뭐예요?

—다 좋아요.

—그럼 아까 해 봤던 WOW 같이 불러 볼까요? 마침 WOW 앨범도 있어서 인스트 버전 틀고 하면 될 거 같아요.

에이바가 고개를 끄덕거리자 멤버들이 일사불란하게 대형을 갖췄다. 그리고 곧 음악이 나오기 시작했고, 멤버들이 노래를 부르기 시작했다. 그러던 중 하이라이트 부분이 되자 리더 하늘이 에이바가 화면에 나오도록 끌고 나왔다. 그 순간 에이바가 노래와 함께 춤을 추기 시작했다.

—멈추지 않아! 난 달려! 이 바람을 느껴! WOW!

멤버들은 에이바에게 엄지를 치켜세우며 노래를 이어 나갔고, 사람들의 반응은 예상보다 엄청났다. 한국 사람들 중에 Y튜브에 올라오는 국뽕 영상을 안 본 사람이 드물 정도로 그런 영상이 많았다. 특히 한국 가수나 배우들을 향한 해외 팬들의 반응을 담은 영상은 조회수도 높았다. 그런 모습을 실시간으로 보고 있어서인지 다들 자기 일처럼 좋아했다. 시청자들은 자신들이 다 즐링이라도 된 듯한 반응을 보였다.

─ㅋㅋㅋ완전 귀여워!
─찐 팬 인증 중 ㅋㅋㅋㅋ 그런데 엄청 예쁘네.
─해외 성덕이다! 진짜 좋겠다…….
─이게 뭐라고 내가 다 뿌듯하냐.

에이바의 모습은 이종락마저 미소를 짓게 만들었다.

"이 친구가 빌 러셀 딸인가?"
"그런가 봐요. 유전자가 엄청 나네. 엠마 마리하고 완전 판박이네!"
"맞다! 빌 러셀이랑 이혼한 사람이 엠마 마리지?"
"맞을걸요? 그래서 그런가 어린데도 느낌이 있는데요."

지금은 이혼한 상태지만 부모 모두 할리우드 스타였다. 그런 부모의 피를 이어받아서인지 춤과 노래가 꽤 괜찮았다. 연습생

으로 데려오고 싶은 생각까지 들었다. 그때, 시청자들 중 누군가
가 댓글을 남겼다.

—엠마 마리 엄청 닮은 듯. 엠마 마리 딸이라고 해도 믿겠다.
—와! 그러게. 얼마 전에 엠마 마리 나오는 영화 봤는데. 완전
닮았다.

파파라치 천국인 미국에서 생활하다 보니 스타의 가족으로서
노출은 어쩔 수 없이 감당해야 하는 일이었다. 그래도 부모가
이혼하면서부터는 관심이 줄어들었고, 두 스타가 갈라서자 에이
바에 대한 관심도 사그라들었다. 때문에 에이바가 누구와 살고
있는지까지 관심을 가지는 사람은 적었다. 그래서인지 에이바가
빌 러셀과 한때는 빌 마리였던 엠마 마리의 딸이라고 생각하진
못했다. 그저 예쁘고 귀여운 해외 팬이라며 좋아하는 중이었다.
이종락은 기분 좋은 미소를 지으며 팀원들에게 말했다.

"이따 밤에 빌 러셀 딸이라고 올리면 장난 아니겠지?"
"그렇죠. 난리 날걸요?"
"와, 돈 또 나가겠네."
"돈은 왜요? 애들 뭐 사 주시게요?"
"나가지. 이거 오늘 올리려면 콘텐츠 관리 팀에 부탁해야 되잖
아. 그럼 걔네들 기다려야 돼서 야근해야 될 텐데 뭐라도 사 주
고 부탁해야지. 아무리 회사 일이라도 갑자기 야근하게 되면 짜
증 나잖아."

"부장님, 멋있다!"

"멋있기는. 이걸 통으로 하나 올리고, 노래마다 잘라서 올리고, 또 에이바 나오는 거 올리고, 마지막으로 빌 러셀 나오는 거 메인으로 올리면 되겠다. 한 5, 6개 나오겠는데? 콘텐츠 팀에 뭘 사다 줘야 되냐. 싸고 양 많은 거 뭐가 있지?"

그때, 노래를 끝내고 시청자들과 소통하던 다즐링 멤버들이 다음 곡을 부르겠다는 말을 했다.

—이번에 들려 드릴 곡은 커버곡이에요. 진짜, 진짜로 연습 한 번도 안 하고 부르는 거라서 조금 이상할 수도 있어요. 그래도 한 번 불러 볼게요. 제목은 A.틴의 Tonight입니다!

멤버들은 가사를 보려는지 각자의 휴대폰을 들고 있었다. 이 종락은 순간 강유가 했던 말이 떠올랐다.

"얘들 Club 이후에 연습한 거 있어?"

"그런 얘기 못 들었는데요? 왜 갑자기 커버하지. 중호 씨한테 전화해 볼까요?"

"아니야. 내버려 둬."

만약 지금 부르는 곡도 잘 소화한다면 도움이 되겠지만, Club에 미치지 못할 경우는 안 부르느니만 못할 것이었다. 실력으로 승부하는 가수의 경우 이럴 땐 하지 않는 것이 옳은 선택이었다. 만약 Club을 듣지 않았다면 바로 전화를 했을 텐데 처음 Club을 들었을 때도 연습을 하지 않았다고 했었다. 아마도 태진이 추천했을 것이기에 이번에도 한번 믿어 보기로 했다. 그때, 멤버들의 노래가 시작되었다.

─…진짜 완전 달라 보인다…….
─도대체 이런 실력으로 왜 묻혀 있었지?
─묻힌 건 아니지. 막 뜨지 못했을 뿐이지ㅋ
─다즐링이 노래 뺏기를 시전하였습니다.
─Tonight이 이렇게 좋았었냐? ㅋㅋㅋㅋ

노래를 듣던 이종락도 어이가 없었다. 분명히 다른 그룹의 노래였다. 그런데 다음에 이 노래를 듣게 되더라도 원래 그룹 대신 다즐링이 부른 모습이 생각날 것 같았다. 그 정도로 잘 맞아떨어졌다.

"부장님, 이 친구들 진짜 열심히 연습했나 봐요. 아, 너무 막 뿌듯하고 그래서 소름 돋아요!"
"그러게……"
"이것도 제대로 다시 촬영해서 올려야겠죠?"
"그래."

이종락은 멍한 표정으로 화면을 봤다. 그러고는 이내 정신을 차렸는지 갑자기 실실거리며 웃기 시작했다.

"우리 받아 놓은 곡, 그거 한태진이한테 다 넘겨."

*   *   *

퇴근 시간이 지났음에도 태진은 채이주와 연습실에 남아 있었다.

"저 혼자 해도 되는데."
"아니에요. 도와 드리는 게 나을 거 같아서요."
"나야 고마운데 미안해서 그러죠."

다즐링은 해결했고, 이제 채이주 차례였다. 내일 이후 어떻게 될지 몰랐기에 최대한 할 수 있는 건 다 해 보기 위해 채이주의 연기를 돕는 중이었다.

"짧은 신을 이렇게 많이 연습한 건 처음인 거 같아요."
"그래요?"
"보통 몇 번 연습하고 넘어가요. 그래서 그런가 좀 웃기긴 한데… 스스로가 대견한 느낌이에요. 최선을 다했으니까 후회는 없다는 그런 말 있잖아요. 예전에는 이해가 안 됐는데 지금은 조금 알 거 같아요."

약간 부끄러워하는 모습에 태진은 입가를 움찔거렸다. 많은 연습 덕분에 상대역이 없을 때의 연기도 예전보다는 나았다. 그런 채이주의 성장을 지켜보는 재미가 쏠쏠했다.

채이주는 자신이 얘기하고도 살짝 민망했는지 딴청을 피우며 말을 돌렸다.

"그런데 빌 러셀 씨 인터뷰했을까요?"

"아, 7시에 한다고 했으니까 했겠네요. 기사 올라왔겠어요."

태진은 빌 러셀의 기사를 찾기 위해 곧바로 휴대폰을 꺼냈다. 그리고 인터넷에 들어가자 따로 기사를 찾을 필요가 없었다. 이미 온통 빌 러셀의 얘기로 포털 사이트가 도배되어 있었다.

'아… 이 정도로 대단한 배우였지……'

*　　　　*　　　　*

빌 러셀이 인터뷰 중 한국에 온 이유를 밝혔는지 기사는 온통 빌 러셀과 '신을 품은 별'에 관련된 내용으로 가득했다.

「사이트 시리즈의 빌 러셀, 한국 드라마 출연」

「갓 러셀, 김정연 작가 멀티박스와 악수」

「제동 걸렸던 신.품.별 엔진 교체」

「작품 선택에 탁월한 안목을 가진 빌 러셀, 이번엔 K드라마?」

「멈출 줄 모르는 K드라마의 열풍」

저마다 다른 기사 제목이었지만 대부분의 내용들은 비슷했다. 기사가 저렇게 많이 쏟아지다 보니 사람들도 관심을 안 가지려야 안 가질 수가 없었다. 특히 빌 러셀이 한국인들에게 호감을 줄 수 있는 인터뷰를 해서 반응이 더 뜨거웠다.

─평소에도 K팝하고 K드라마를 즐겨 봤죠. 그래서 관심이 많았어요. 워낙 재미있는 드라마나 영화가 많아야죠. 그래서 꼭 한 번 출연해 보고 싶었는데 마침 좋은 기회가 있더라고요. 그래서 오디션까지 보고 배역을 따냈죠. 낙하산 아닙니다!

해외의 유명한 스타가 한국을 칭찬하는 것만으로도 호감이 생길 텐데 그것도 모자라 실력으로 배역을 따냈다는 말에 모든 사람들이 칭찬 일색이었다. 특히 젊은 층이 청탁 같은 것에 민감하다 보니 더더욱 열광했다. 그에 발맞춰 멀티박스에서는 빌 러셀이 참가했던 오디션 영상까지 공개해 사실을 확인시켜 주었다. 게다가 한국 방문 후 격리 생활을 하면서 찍어 둔 사진까지 공개했다.

─외쳐! 갓 러셀
─진짜 똑같은 기사 내용인데도 다 찾아보고 있다. 소름 돋는다.
─빌 러셀을 한국 드라마에서 볼 줄이야.
─ETV 쩐다 ㅋㅋㅋ진짜 돈 개많나 보다

—그런데 여주는 교체 안 하는 건가? 이렇게 흐지부지 넘어가는 건가?

다들 빌 러셀의 출연을 환영과 환호로 반겨 주었지만, 일부 사람들은 의심의 눈초리를 보냈다. 빌 러셀의 출연으로 하여금 강은수의 학폭 논란을 덮으려는 건 아니냐는 의심이었다. 하지만 멀티박스에서는 빌 러셀의 출연 소식과 더불어 강은수의 하차 소식까지 전했다. 다만 빌 러셀의 파급력이 훨씬 커 강은수의 하차 소식에 관심이 덜 갈 수밖에 없었다. 온통 빌 러셀과 빌 러셀을 섭외한 멀티박스에 관한 칭찬들뿐이었다.

그러다 보니 새로 배정될 여주인공에 관한 관심도 줄어들 수밖에 없었다. 그래서인지 멀티박스에서는 여주인공에 관심을 가질 수 있는 방법까지 내놓았다.

[향후 멀티박스의 모든 작품에서 학교 폭력으로 문제를 일으킨 배우를 일절 출연시키지 않겠습니다. 앞으로도 멀티박스는 학교 폭력 근절에 앞장서겠습니다.]

자신들의 이미지까지 챙기며 여배우의 인성까지 검증하는 말이었다.

"와, 얘네들도 대박이다. 그렇지?"

퇴근도 안 하고 기사를 확인하던 라온의 이종락은 멀티박스의 대처에 진심으로 감탄한 표정이었다.

"대단해. 내일 멀티박스 주가 치솟겠는데? 이럴 때 보면 주식을 해야 될 거 같단 말이야. 그나저나 이 정도 됐으면 연락을 줘야 할 텐데. 아직 연락 온 거 없지?"

"네, 준비한 기사는 다 나온 거 같은데요."

혹시라도 생길 수 있는 문제를 만들지 않기 위해 멀티박스와 빌 러셀에 관한 얘기를 나누었다. 이번 일에 빌 러셀의 소속사가 끼어 있는 것은 아니었지만, 멀티박스에 관련된 일이다 보니 상의할 수밖에 없었다. 그리고 멀티박스에서는 자신들이 먼저 기사를 내보낸 뒤 영상을 공개하는 것이 좋겠다는 답변을 보냈다.

라온에서도 그 편이 효과가 더 크다고 판단했다. 빌 러셀에게 제대로 관심이 쏠렸을 때, 영상을 공개해야 그 관심을 가져올 수 있었다.

"기다려 보자. 연락 주겠지. 아주 빌 러셀 코인이 제대로야."

"이 정도면 저희 한태진 씨한테 뭐라도 해 줘야 되는 거 아니에요?"

"아, 그렇지. 진짜 복덩이다. 이럴 줄 알았으면 그때 그냥 떨어뜨리고 내가 데리고 오는 건데."

그때, 전화를 받던 직원이 이종락을 보며 말했다.

"부장님, 멀박에서 올려도 된답니다!"

"오케이! 콘텐츠 관리 팀에 바로 연락해. 아, 그리고 오늘 한태진이가 추천했던 곡 있지. 그것도 연습하게 도와주고."

"이미 연습하는 중입니다!"

"아, 좋다! 이번에도 터지면 우리 다즐링 신곡은 무조건 대박이겠다!"

컴백을 하는 가수의 성적을 최대한 끌어올리는 게 이종락의 일이었다. 그러다 보니 늘 기대보다는 걱정이 많았는데 이번만큼은 걱정은커녕 오히려 빨리 컴백을 시키고 싶은 마음이었다.

*　　　　*　　　　*

저녁도 먹지 않은 채 연습실에 있던 태진은 여전히 기사를 보며 놀라는 중이었다. 그때, 채이주가 태진을 보며 물었다.

"태진 씨는 안 이상해요?"

"네?"

"전 이상해서요. 낮에까지 웃고 떠들고 같이 떡볶이 먹다 보니까 이렇게 크게 못 느꼈거든요. 그런데 기사들 보니까 뭔가 내가 실수를 했던 건 아닐까 생각하게 만들어요."

태진은 헛웃음을 뱉었다. 한국에서는 채이주 또한 인기가 많은 편이었다. 비록 연기가 아닌 외모로 얻은 인기지만, 인기가 있는 건 사실이었다. 그런 채이주가 자신이 스타라는 걸 잊고 있는 듯 보였다.

"채이주 씨도 내일 이렇게 기사 나올 수 있을 거예요."
"네? 아!"

태진이 무슨 말을 하는 건지 알아챈 채이주는 기분이 좋으면서도 민망했는지 애써 휴대폰을 보는 척했다. 그때, 태진의 휴대폰에 메시지가 도착했다.

"라온에서 동영상 올렸다네요."
"와! 벌써요? 엄청 빠르네."
"그러게요. 이것만 보고 다시 연습할까요?"
"네!"

Y튜브에 들어간 태진은 다즐링의 영상을 보기 전에 빌 러셀부터 검색해 봤다. 빌 러셀에 관한 사람들의 관심을 직접적으로 볼 수 있는 곳이었다. 아니나 다를까 빌 러셀에 관한 영상들이 끝도 없이 올라오고 있었다.

ㅡK드라마에 출연하는 빌 러셀의 사이트 1. 결말 포함
ㅡ빌 러셀의 감정 신 몰아 보기!
ㅡ빌 러셀과 엠마 마리의 결혼과 이혼, 그 이후.
ㅡ빌 러셀의 인터뷰 전격 분석!

—러셀 코인 탑승! 사이트 1, 2, 3 완벽 요약!

아직 드라마에 출연한 것이 아니기에 전부 예전 자료들이었지만, 그 영상들 수가 엄청났다. 심지어는 이미 몇 개월 전에 올린 영상에 제목만 바꿔 놓은 경우도 상당했다. 분명 효과가 있을 테니 제목을 바꾼 것일 것이다. 그리고 이제 다즐링도 러셀 코인에 탑승하게 될 것이었다.

태진은 영상들의 썸네일만 훑어본 뒤 바로 최근 구독한 라온의 채널에 들어갔다. 그러자 아니나 다를까 러셀 코인에 탑승하려는 의지가 확고하게 보이는 썸네일이 보였다. 다즐링이 춤을 추는 모습 뒤로 얼굴만 크게 확대된, 흐뭇하게 웃고 있는 빌 러셀이 보였다. 누가 보더라도 빌 러셀의 명성을 이용하려는 것처럼 보이는 썸네일이었다.

—갓의 딸마저 빛나게 만드는 다즐링.

조회수를 올리려고 낚시를 하는 썸네일이 하도 많다 보니 사람들이 다즐링도 마찬가지라고 생각할 만한 그런 썸네일이었다. 태진은 웃으며 그 영상을 클릭했다. 그러자 다즐링의 WOW의 노래가 들려왔고, 다즐링 멤버 가운데에 서 있는 에이바가 보였다.

영상으로 보니 안무가 약간씩 틀린 모습이 보이긴 했지만, 그건 문제가 되지 않았다. 틀린 건 잘 보이지도 않았다. 그보다 노래를 직접 불러 가며 즐거워하는 모습들에 눈이 갔다. 특히 에이바는 보는 사람도 즐겁게 만드는 웃음을 짓고 있었다. 함께 영상을 보던 채이주도 흐뭇한 미소를 지으며 말했다.

"에이바도 배우 해야겠는데요?"
"귀엽네요."
"실물도 예쁜데 카메라를 더 잘 받는 거 같아요. 예쁘네."

춤이 모두 끝나고 카메라가 돌아가자 한쪽에 자리를 잡고 있던 빌 러셀이 보였다. 영화나 TV에서는 볼 수 없던, 바보처럼 웃는 모습으로.

"진짜 흐뭇해 보이네요."

태진의 입술마저 씰룩거리게 만드는 모습이었다. 그렇게 영상이 끝이 날 무렵, 화면에 다즐링의 새로운 커버곡 영상을 볼 수 있게 링크된 것이 보였다. 태진도 궁금하긴 했지만, 지금은 그보다 댓글이 더 궁금했다.

아직 올라온 지 몇 분 되지도 않았건만 엄청난 댓글이 달려 있었다. 게다가 해외에서는 아직 알려지지 않았는지 대부분이 한글로 된 댓글이었고, 그중 추천을 가장 많이 받은 댓글이 보였다.

―즐거운 시간 감사합니다. 행복해요. 사랑해요. 에이바가.

댓글을 보던 채이주가 의심적인 표정으로 말했다.

"이거 진짜 에이바예요? 에이, 아니죠? 누가 또 에이바인 척해서 올린 거죠?"
"에이바 맞아요."
"진짜요? 태진 씨가 어떻게 알아요?"
"프로필이 예전에 봤던 프로필하고 똑같아요."
"언제 본 적 있어요?"
"네, 본 적 있죠."

채이주는 의아해하며 태진을 봤고, 태진은 입술을 씰룩이며 사람들의 반응을 보려고 댓글을 클릭했다.

—에이바가? 에이바가가 뭔 뜻임?
—ㅋㅋㅋㅋㅋㅋㅋㅋㅋㅋFrom 에이바라는 뜻임.

영상 끝에 나오는 빌 러셀을 보지 않고 댓글부터 단 모양이었다. 괜한 댓글에 에이바가 속상해할 수도 있을 거라 생각했지만, 그건 기우였다. 에이바를 검색했는지 아니면 알고 있었는지 사람들이 에이바에게 관심을 보였다. 다만 진짜 에이바가 맞는지 아닌지를 두고 설전을 벌였다.

—진짜 에이바예요?
—ㅋㅋㅋㅋㅋ종내 한국말 못하는 척 댓글 쓰느라 수고했다.

―4:34초 보면 빌 러셀 웃고 있는 거 나옴.

―그러니까 지금 댓글 단 사람이 영상 속 본인이라는 증거는 어디 있냐고 ㅋㅋ

그때, 에이바의 아이디로 달린 댓글이 보였다.

―Allstargram I.D AVA2010.

답답한지 자신의 SNS 아이디까지 올려 뒀다. 그리고 그 밑에 달린 댓글들만 봐도 어떤 사진을 올려 뒀는지 알 것 같았다.

―찐이었어? 대박이야! 빌 러셀하고 이 영상 보는 거 올려놈!

―ㅋㅋㅋㅋㅋㅋㅋ아니라고 했던 새끼들 어디 감. 버로우 탐?

―너무 예뻐요. 한국말도 잘하시네요!

―춤 너무 잘 춰요!

―원래 한국 사람들이 의심이 많아서 그런 거라서 속상해하지 않았으면 좋겠어요.

―오늘부터 에이바 팬임ㅋㅋ

에이바를 칭찬하는 댓글도 많았고, 앞서 달린 댓글들로 하여금 상처 입었을 에이바를 다독이는 댓글들도 많았다. 그때, 채이주가 에이바의 SNS에 들어가 봤는지 웃으며 휴대폰을 보여 주었다. 휴대폰에는 짧은 영상이 나오고 있었는데, 에이바가 직접 자신의 아이디를 보여 주는 모습이었다. 그리고 그 뒤로 빌 러셀이 에이바가 쓴 게 맞다는 듯 타자 두드리는 시늉을 하고 있었다.

"푸흡. 진짜 딸 바보인가 봐요."
"이러니까 바로 믿었네."

제대로 된 인증이었다. 태진은 다른 댓글도 확인하기 위해 에이바의 댓글 창을 닫았다. 에이바의 댓글에 달린 대댓글 중에 빌 러셀에 관한 얘기가 보이지 않았기에 다른 반응을 확인하기 위해서였다. 하지만 걱정할 필요가 없었다. 에이바의 댓글 밑으로 온통 빌 러셀에 관한 얘기뿐이었다.

—4:34 빌 러셀 개웃김ㅋㅋㅋㅋ 저 표정 보고 긴가민가했다
—우리 아빠도 나 볼 때 저랬던 거 같은데 ㅋㅋ
—ㅋㅋ겁나 친근해졌어.

기사 효과 덕분인지 다들 빌 러셀을 친근하게 대했다. 제대로 빌 러셀의 이름을 이용하고 있었다. 그때, 어떤 사람이 의심이 간다는 댓글을 남긴 게 보였다.

—근데 다즐링하고 언제 만난 거임? 격리 전에 만난 건가?
—오, 진짜. 기사 보면 오늘 격리 끝났다고 그러는데 이거 보면 격리 끝나기 전에 막 돌아다녔던 거 아님?
—구라 친 건가?
—백신 맞아서 괜찮은가 보지.

이러다간 사실이 아닌 의혹을 받을 수도 있었다. 그때, 다른 영상을 보고 온 사람이 남긴 댓글이 보였다.

—새 영상에 설명해 둠 ㅋㅋ

태진은 어떤 설명을 했는지 궁금한 마음에 서둘러 커버곡 영상을 찾아갔다. 그리고 거기서 또 자신에 대한 얘기를 듣게 되었다.

—이번 신곡을 MfB하고 같이 하거든요. 같이 일하는 형이 있는데, 아! 그 형이 저희 Club 추천해 준 형이에요. 오늘 아무튼 그 형을 만나러 갔는데 거기에 빌 러셀님이 딱! 완전 놀랐죠. 거기다가 에이바라고 빌 님 딸이 우리 팬이라고 그러는데 긴장해 가지고! 형 만나러 갔다가 아주 계 탔죠. 그리고 지금 보실 커버곡도 그 형이 추천해 준 곡이에요. 아마 내일이나 모레쯤에 다시 제대로 영상이 올라갈 거니까 기대해 주세요!

얘기의 반이 자신에 관한 것이었다. 태진이 약간 민망하고 어색해서 괜히 뒷머리만 쓰다듬을 때, 옆에 있던 채이주가 웃으며 태진에게 휴대폰을 가리켰다.

"여기 댓글 봐요. 대체 어떤 형이길래 빌 러셀이랑 만나고 있냐고 그러면서 능력자래요."

"아……."

자신도 우연찮게 만나게 된 것임에도 사람들에게 오해를 사게
되었다.

제8장

—

결정

　다음 날. 출근하자마자 회의실에 자리한 태진은 옆에 앉아 있는 동료들을 천천히 살폈다. 다들 자신처럼 긴장하고 있는 듯 보였다. 하지만 이미 갈 팀을 정했거나 가고 싶은 팀이 있는지 시선은 자신들이 원하는 팀의 팀장들을 향하고 있었다.

　태진도 동료들의 시선을 따라 팀장들과 회의에 참석한 각 팀의 직원들을 쳐다봤다.

　자신을 뽑아 준 곽이정을 선택해 지금 맡고 있는 업무를 이어 갈 것인지, 아니면 업무가 편한 2, 3팀이냐 그것도 아니면 사람들이 좋은 4팀으로 갈지 아직 정하지 않은 상태였다. 따로 생각해 둔 것이 있지만, 그것이 받아들여지지 않았을 때는 팀을 골라야 했는데 도무지 어떤 팀으로 가는 게 좋을지 결정할 수가 없었다.

'아… 잘됐으면 좋겠다.'

팀이 정해지는 방식은 이랬다. 먼저 팀장들이 신입 직원을 선택하고, 다른 팀장들의 이의가 없다면 해당 직원은 그 팀으로 들어가게 된다.

만약 다른 팀장의 이의가 있다면 신입 사원의 결정으로 들어갈 팀이 선택되는 방식이었다. 외국계 회사여서인지 아니면 팀워크가 중요한 일이라서인지는 몰라도 개인의 의견을 존중해 주는 방식이었다.

시작은 1팀부터 시작되었고, 모두 돌아가고 나면 다시 4팀장부터 선택하는 형태였다. 신입 직원이 8명이다 보니 딱 맞아떨어지는 순서였다.

이제 부사장만 오면 바로 팀이 결정되는 순간이었다. 그때, 곽이정의 목소리가 들려왔다.

"4팀장님, 제가 드린 요청은 생각해 보셨어요?"
"얘기는 해 뒀습니다. 본인도 긍정적인 거 같아 보였고요. 그런데 왜 수잔을 지목하셨는지 궁금하군요."
"신인 발굴하려면 연극계도 중요한 곳인데, 수잔이 마침 연극배우 출신이잖습니까. 그래서 어렵게 요청을 드린 겁니다."

얘기를 마친 곽이정이 태진을 봤고, 태진도 마침 곽이정을 보고 있었기에 눈이 마주쳤다. 그러자 곽이정이 걱정 말라는 듯 고개를 끄덕이며 미소를 보였다. 저 미소를 보아하니 지금 한 애기도 자신에게 들으라고 한 말 같았다.

'수잔도 1팀으로 가나……?'

만약 수잔이 1팀으로 가게 되면 4팀으로 갈 이유는 없어지는 거였다. 순간 스스로를 너무 과대평가하는 건 아닐까 생각이 들었다.

신입 사원 하나 데려오려고 기존의 직원까지 팀에 합류시킨다는 건 누가 보더라도 이상했다. 하지만 묘하게 선택지를 줄여 1팀을 선택하게 하려는 것처럼 느껴졌다.

마음 같아서는 지금 수잔에게 전화를 걸어 의사를 묻고 싶었지만, 그럴 수가 없었다. 마침 부사장이 회의실 문을 열고 들어왔다. 부사장은 팀장들에게 간단한 인사를 한 뒤 신입 사원들에게 말했다.

"안녕하세요. 약 한 달 넘는 기간 동안 적응하느라 힘들었을 겁니다. 부디 자신이 원하는 팀으로 배정될 수 있길 바랍니다. 그럼 바로 시작하죠."

무척 짧은 인사를 끝으로 곧바로 신입 사원 팀 배정이 시작되었다. 시작은 1팀장인 곽이정이었다.

"그동안의 업무 진행 능력을 보아 우리 1팀의 업무를 잘 소화

할 수 있고, 팀원들과 잘 어우러질 수 있는 팀원을 선택했습니다. 1팀이 지목하는 직원은 한태진 씨입니다."

가장 먼저 지목이 된 탓인지 바로 옆에 있던 동기들의 부러운 눈빛이 느껴졌다. 하지만 다른 생각을 하고 있던 태진은 다른 팀장들을 쳐다봤다.

혹시나 다른 팀장들과 무슨 얘기가 오고 간 것은 아닐까, 그래서 설마 선택지가 1팀밖에 없는 건 아닐까 생각할 때였다. 나머지 팀장들 전부가 손을 들었다.

"2팀에서도 한태진 씨 지목합니다."
"3팀에서도 한태진 씨 지목입니다."
"4팀도 마찬가지로 한태진 씨 지목합니다."

팀장들은 서로 눈도 마주치지 않은 채로 태진을 선택했다. 그래서인지 옆에서 조그맣게 부러움의 감탄사도 들려왔다. 그리고 태진으로서도 내심 딱 원하던 상황이 펼쳐졌다. 그때, 부사장이 태진을 보며 웃으며 말했다.

"시작부터 힘들게 됐군요. 그럼 한태진 씨가 결정을 해야겠네요. 조금 생각할 시간을 드리죠. 그럼 2팀부터 다시 진행하죠."

지금부터 할 말은 약간 건방져 보일 수도 있는 말이었기에 걱정하던 찰나에 마음의 준비를 할 수 있는 시간을 벌었다. 태진은 긴장을 풀기 위해 심호흡을 하며 다른 동기들이 선택되는 것을 지켜봤다.

"2팀에서는 임아름 씨 선택하겠습니다."

태진이 선택될 때와는 다르게 팀장들은 침묵하며 지켜봤다. 그렇게 4팀까지 진행되었고, 다시 4팀부터 시작이 될 차례였다. 4팀장 스미스가 갑자기 태진을 쳐다보더니 씨익 웃었다.

"저희 4팀은 한태진 씨 선택 기다리겠습니다. 남은 자리가 한 자리뿐이라서요."

그건 다른 팀도 마찬가지였다. 그래서인지 아직 선택을 받지 못했던 동기들은 이제 부러움이 아닌, 아예 시기를 하는 눈빛이었다. 그때, 부사장이 상황이 재밌다는 듯 웃으며 말했다.

"그럼 한태진 씨의 얘기를 들어 볼까요?"

모두의 시선이 태진에게 향했다. 태진은 생각해 둔 대로 밀고 나갈 생각이었다. 다만 말이 쉽게 나오지 않았기에 크게 숨을 들이마셨다. 그러고는 천천히 입을 열었다.

"가능할지 모르겠는데 팀을 선택하지 않아도 될까요?"

태진의 말에 다들 의아하다는 표정을 지었다. 다만 곽이정만
은 달랐다. 쓰고 있던 가면이 벗겨지기라도 한 듯 얼굴이 일그러
져 있었다. 그때, 부사장이 웃으며 태진에게 말했다.

"설명이 부족한 거 같아 보이는군요. 회사를 나가겠다는 말은
아니죠?"
"아! 그건 아닙니다."

태진은 다시 숨을 크게 들이마신 뒤 입을 열었다.

"딱 정해서 어떤 팀을 선택할 수가 없었습니다. 2팀에서 지원
자들을 살펴볼 때는 앞으로 어떤 사람을 봐야 하는지 알 것 같
아서 즐거웠습니다. 그리고 3팀에서 해외 업무를 할 때도 처음에
는 어렵다고 생각했던 일을 할 수 있게 되는 저를 보면서 자신감
도 생겼습니다. 그리고 4팀에 있을 때는 앞으로 이런 일을 할 수
있다는 생각에 즐거웠습니다. 그리고 어제까지 있었던 1팀에서
는 앞으로 어떤 에이전트가 돼야 하는지, 그 기준을 잡을 수 있
는 좋은 시간을 가질 수 있었습니다."

팀장들은 태진의 소감이 들으며 고개를 끄덕거렸고, 정면으로
보이는 부사장 조셉은 태진의 소감이 웃긴 건지, 아니면 다른 이
유가 있는 건지 피식거리며 웃었다.

"누가 보면 상을 받은 소감을 말하는 자리 같군요. 다른 사람들은 이렇게 발언할 시간을 주지 않았는데 한태진 씨만 혼자 발언하는 건 공평하지 않아 보이는군요. 간단하게 하죠."

부사장의 말에 태진은 순간 당황했다. 사실 부사장의 말이 맞았다. 다만 누구도 기분 상해하지 않을 만한 이유를 대고 싶었을 뿐이었다.

"그래서 어떻게 하겠다는 거죠?"
"전 팀을 정하지 않고 필요한 일을 하면 어떨까 생각했습니다."

팀장들은 어이가 없다는 듯 헛웃음을 뱉었고, 그중 2팀장이 태진을 가만히 보며 말했다.

"아무리 사내 문화가 수평적이라고 해도 지금 한태진 씨 대답은 너무 벗어난 것 같군요."
"한태진 씨는 지금 하고 싶은 것만 하시겠다는 겁니까? 나이도 사회생활을 꽤 해 본 나이인데 그건 너무 무책임한 말이군요."

태진의 인사 기록을 보지 못했던 2팀의 팀원들은 사회생활까지 들먹이며 태진을 나무라듯 말했다. 이런 오해를 받을 수 있을 거라고 미리 생각을 하긴 했지만, 막상 눈앞에서 겪게 되자 약간은 당황했다.

"그건 오해입니다. 제가 하고 싶은 일만 하려는 게 아니라 저를 필요로 하는 일을 했으면 해서요. 예를 들어 이번에 채이주 씨를 오디션에 추천하는 일이나……."

"스스로를 너무 대단하다고 생각하는 거 아닙니까? 일을 잘하긴 하는데, 고작 한 달 조금 넘게 있었어요. 좀 더 배워야 하지 않겠어요?"

곽이정도 가만있는데 유독 2팀에서 견제가 들어왔다. 생각해 보면 2팀에 있을 때는 '라이브 액팅'에 참가자들을 조사하는 일이 대부분이었기에 딱히 뭔가 보여 준 일이 없었다. 만약 자신이 추천한 최정만이 빵 떴다면 모를까, 아직은 참가자일 뿐이었다. 그래서인지 2팀은 다들 어이가 없다는 듯한 표정이었다. 그때, 실실 웃고 있던 부사장이 입을 열었다.

"뭐, 틀린 말은 아니네요."

다들 부사장에게 시선이 쏠렸다. 그러자 부사장이 하얀 이까지 드러날 정도로 웃었다.

"지금 채이주 씨 오디션 보고 있는 것도 한태진 씨 추천이죠. 그건 4팀이었죠?"

"네, 맞습니다."

"그리고 로젠 필 씨가 지목해서 담당하게 된 사람이 한태진 씨고요. 이건 1팀이었고요."

"네."

"그리고 3팀장님은 빌 러셀에 관한 얘기를 들었을 테고요. 한태진 씨와 친분을 나눴다는 그런 얘기."

3팀장은 태진을 선택한 속내를 들킨 것이 민망했는지 어색하게 웃으며 고개만 끄덕거렸다.

"그럼 2팀은 왜 한태진 씨를 선택한 거죠? 별로 선택할 이유가 없어 보이는데요. 별로 원하는 것 같아 보이지도 않고요. 혹시 남들이 선택하니까 나도 선택해 보자, 그런 건가요? 그렇다면 실망인데요."

2팀장은 그럴 의도로 태진의 말을 걸고넘어진 것이 아니었다. 그저 신입 사원이라는 위치를 상기시켜 주려던 것뿐이었다.

"내가 여덟 명의 신입 사원들이 그동안 했던 일을 봤어요. 7명은 통상적인 신입 사원이 할 수 있는 보조적인 업무를 주로 했더군요. 그런데 한태진 씨는 조금 달랐어요. 특히 1팀에 있을 때, 자기가 일을 주도하고 있어요."

"그건 한태진 씨가 일을 잘해서 경험 쌓을 겸, 그리고 책임감도 느껴 보는 게 좋을 것 같아서 제가 지시했습니다."

"로젠 필 씨가 지목한 것도요? 그리고 라온에서 한국 MfB가 아닌 미국 본사를 통해 한태진 씨를 지목한 것도 말인가요?"

로젠 필을 섭외한 것도 부사장의 공이었고, 미국 MfB와 연락을 하는 것도 부사장이었다. 그러다 보니 태진의 일을 누구보다 잘 알고 있을 것이었다. 그래서인지 곽이정은 입을 다물었다.

"계속 들려요. 한태진이라는 이름이. 그리고 어제 올라온 영상 봤습니까? 다즐링이라는 그룹이 공개적으로 한태진 씨를 언급하더군요. 그런데 특이한 건 우리 회사에 아직 음악에 관련된 에이전트가 없다는 겁니다. 심지어 내년이나 신설하려고 계획 중이었고요."

태진은 멀뚱멀뚱 조셉을 쳐다봤다. 왜 갑자기 자신을 옹호하는 것처럼 말을 하는지 모르겠지만, 분명히 자신을 대변해 주는 것처럼 느꼈다. 그때, 조셉이 연신 웃는 얼굴로 말을 이었다.

"그렇다고 한태진 씨를 책임자로 앉힐 순 없죠. 그런데 한태진 씨를 찾는 사람들은 많고요. 라온에서는 앞으로도 한태진 씨를 지목할 것 같습니다. 그래서 어떻게 해야 하는지, 어떤 팀으로 가는 게 맞을지 고민이 되더군요. 그런데 지금 한태진 씨가 한 말을 들으니 모두 해결됐습니다."

다들 부사장이 어떤 말을 할지 기대하며 지켜봤다.

"아까 어떤 분이 한태진 씨한테 스스로를 대단하다고 생각하냐고 물었죠? 내가 보기에는 대단하네요. 이렇게 짧은 시간 일하면서 한 사람의 이름이 계속 들린 건 처음입니다. 미국에서부터 거의 30년을 일하는 동안 한 번도 보지 못한 경우죠. 그럼 대단한 거 아닙니까? 운이라고 해도 대단한 거죠. 그러니까 여러분들도 신입 사원인 한태진 씨의 의견을 묻고 그러는 거 아닙니까?"

부사장이 대놓고 칭찬을 해서인지 팀장들은 아무런 말도 하지 못했다.

그리고 태진은 자신이 원하던 대로 4개의 팀으로부터 자신을 필요로 하는 일을 할 수 있을 거라는 느낌이 들었다. 아니나 다를까 부사장이 태진을 가리키며 말했다.

"그래서 한태진 씨가 말한 대로 4개의 팀에 속하지 않는 것도 괜찮아 보이는군요. 그런데 그렇게 되면 업무가 너무 많아질 수도 있을 테니 이건 체계적으로 하는 게 좋아 보입니다. 예를 들어 지원 팀이라는 새로운 부서를 만드는 거죠."

태진은 이때까지만 해도 자신이 원하던 대로 일을 할 수 있게 됐다는 사실에 기뻐했다. 그런데 다음 부사장이 하는 말에 태진은 자신도 모르는 사이에 입을 벌리고 있었다. 표정을 지을 수 없는 태진이었지만, 쩍 벌린 입 때문에라도 누가 보더라도 놀란 표정이었다.

"그럼 지원 팀의 팀장은 한태진 씨가 되겠군요?"

『모방에서 창조까지 하는 에이전트』 4권에 계속…